Christian Estèbe

Messe de granit

Roman

Le temps qu'il fait

ISBN 2.85853.207.1

Pour Benoît-Arthur-Abraham

I.

Un bruit dans le couloir l'éveille. Il ne dormait pas profondément. D'abord, il croit que c'est un chariot que l'on déplace et qui chuinte…

Depuis longtemps, il a repéré tous les bruits de l'hôpital, classés en ordre dans sa mémoire, avec les odeurs.

La veilleuse est allumée. Il connaît les ombres qu'elle dessine, qu'elle peint. Il regarde sa montre : quatre heures dix.

Il a soif : la fièvre ?

Dans l'autre lit, son compagnon geint doucement.

C'est cela qu'il a pris pour un chuintement.

C'est un moine, frère Marcel. Visage émacié, mains amaigries, posées sur le drap. Il ne dort pas. Yeux ouverts dans la nuit, brillants de fièvre et de douleur.

— Ça va Marcel ?

Le malade tourne la tête vers lui :

— J'ai mal.

Julien Orme appuie sur la sonnette pour avertir l'infirmière de garde. Lui-même ne peut pas beaucoup bouger car l'aiguille de la perfusion est plantée dans son bras. Frère Marcel tend vers lui sa main gauche, Orme la saisit et tient ferme. Le moine paraît se détendre. Julien voit ses lèvres bouger, il sait qu'il prie.

L'infirmière n'arrive pas. Marcel laisse sa main reposer dans celle de son ami.

— Frère Marcel, l'infirmière va arriver.

Il a peur. Combien de fois le moine lui a-t-il dit que mourir n'était rien qu'une formalité du corps (d'un corps usé), lui n'en croit rien, mais Marcel en sait plus long que lui.

Orme appuie une fois encore sur la sonnette.

— J'ai soif.

Il sent bien que le moine est mourant (quelque chose en lui le sait). Il se décide, ôte l'aiguille de son bras avec une grimace de douleur (demain il faudra longuement chercher une veine en état de recevoir l'aiguille) et bloque le goutte-à-goutte. Il va lui emplir un verre d'eau et l'aide à boire, Marcel transpire abondamment. À tâtons, le moine cherche quelque chose sur sa table de nuit. Orme devine que c'est son crucifix. Il le lui met dans la main puis va jusqu'au lavabo et trempe un gant d'eau fraîche qu'il passe sur le visage de son ami.

Marcel tourne la tête vers son veilleur et tente un sourire :

— Julien, voulez-vous me lire un peu la bible ?

Orme prend le livre au chevet du moine et l'ouvre au hasard :

«Là-dessus, Jésus alla avec eux dans un lieu appelé Gethsémané et il dit aux disciples :

— Asseyez-vous ici, pendant que je m'éloignerai pour prier.» (Matt. 26 /36).

Pendant qu'il poursuit sa lecture, la respiration de frère Marcel paraît s'apaiser, puis ralentit. Il semble que tout l'être du moine est tendu pour l'écoute du texte. En même temps que cela le vivifie, l'effort qu'il fait pour saisir chaque syllabe lui ôte ses dernières forces. Son regard se fait plus brillant, à nouveau, il tend sa main vers Julien qui cesse sa lecture. Leurs mains jointes, Marcel a un spasme, ses doigts se crispent, puis tout son corps se détend. Ses yeux fixent un point qu'aucun vivant ne peut voir, un souffle encore sur ses lèvres, ses poumons qui se vident : frère Marcel vient de passer.

Orme reste un moment indécis, incrédule. Il sait que l'on meurt aussi à l'hôpital. Il croise les mains du moine sur son crucifix et lui ferme les yeux, puis sort dans le couloir pour aller chercher l'infirmière et l'interne de garde.

★

Il connaît le rituel de certaines aubes : le paravent déployé devant le lit du défunt, la toilette.

Parfois, rapidement, les prélèvements d'organes qui se font sur de jeunes corps morts très vite. Droit de la science, du silence, morgue. Ensuite, la famille : sans un mot, avec des larmes ou des cris, c'est selon.

Éprouve-t-il du chagrin devant la mort de frère Marcel ?

Il ne sait pas.

Ils parlaient parfois, le moine écoutait s'exprimant peu. Tous l'aimaient, jamais une plainte. Moine depuis l'âge de vingt ans, il en avait soixante-huit lors de son entrée à l'hôpital. Quarante-huit ans passés dans un monastère de montagne à se taire, prier, travailler, obéir, puis venir souffrir et mourir dans cette chambre, les intestins mangés par un cancer.

Pour s'occuper, il peignait à la gouache des icônes sur du papier. Il en faisait cadeau à qui en voulait, aux malades, aux infirmiers, aux aides-soignantes. Orme avait appris à reconnaître certaines de ces peintures.

Le Christ Pantocrator, la Mère de Dieu, saint Benoît.

Ainsi ils sont restés presque deux mois dans la même chambre, faisant parfois une promenade dans le parc pour aller s'asseoir sur un banc près de la statue d'Hippocrate.

Corps souffrant dans les linges souillés; la maladie qui épure, trie, sépare, rend seulement quelques mots essentiels, donne toute sa place au silence, à l'extrême...

Les heures ici ne servent à rien, sinon à se rapprocher ou à s'éloigner de soi-même.

Orme est entré à l'hôpital dans la peur. Aujourd'hui, il se sait éloigné des vivants. Il n'est plus le même. Dans sa chair brûlée, il garde les traces de son difficile passage jusqu'à ce jour. (Ce jour où il a vu mourir frère Marcel.)

Il revoit le visage grave du professeur Rubin, au début, lorsque la maladie semblait jouer à cache-cache avec les examens :

— Cher monsieur, vos symptômes nécessitent un séjour à l'hôpital, ce n'est que là que nous pourrons entamer un traitement efficace.

Il avait obéi, il s'était soumis, peut-être était-il gravement malade ? Il voulait vivre, l'idée de mourir le terrorisait. Longue litanie de seringues, de ponctions, d'immunothérapie active et passive, d'espoirs, puis de larmes, d'accablements.

Au plus fort de la maladie, il s'était retrouvé ainsi au seuil de la mort, dans cet endroit qui déjà n'a plus de nom. Les gens qui l'entouraient alors, sa famille, ses amis, le personnel soignant, étaient devenus des spectres flottant autour de son corps inerte. Pendant plusieurs jours, il n'avait été relié à la vie que par les battements étouffés de son cœur. À certains moments, il lui avait semblé qu'il s'enfonçait plus avant dans une traversée dont il ne pouvait rien dire, rien savoir, car s'il en gardait un souvenir précis, il ne pouvait pas mettre de mots sur cet état, sinon qu'il n'était ni mort ni vivant.

Les bruits de l'hôpital étaient redevenus audibles, d'abord comme des chuchotements, puis il avait commencé à pouvoir les reconnaître, les uns après les autres, les identifier : les pansements, les repas, le nettoyage, le rire d'une infirmière, un gémissement, les visites des normaux, des bien-portants, avec leurs maladresses. Il a voyagé d'un monde à l'autre (mais peut-être est-ce le même monde, ténèbres sur ténèbres) croisant parfois des ombres, puis des points de lumière. L'angoisse l'étreignait le faisant plus gémir que la douleur. Quelque chose en lui devinait que le traitement continuait. Personne ne voulait le laisser mourir, mais son corps était hors de lui, son corps l'avait quitté, ou plus exactement, l'enveloppe visible que les médecins tentaient de sortir du chaos n'était plus qu'une écorce meurtrie.

Ce qui lui restait de conscience paraissait se cristalliser non pas dans les battements de son cœur, ou même quelque part dans son cerveau, ces organes appartenant comme tout le reste de son corps à la science, mais plutôt autour d'un noyau d'énergie qu'il appelait son fluide vital, ou encore son âme. Cette sensation (ce sentiment ?) la seule qui semblait encore lui appartenir en propre était pour lui comme sa véritable enveloppe, devenait son corps véritable, son port d'attache. C'est là, à cette porte étroite que la maladie dans ses moments de rage venait frapper, mais elle n'avait pu passer et progresser vers une issue fatale, quelque chose en lui résistait.

Ni mort ni vivant : cinquante-cinq kilos de souffrance.

Un matin, il quitte la réanimation pour monter au premier étage, dans l'aile gauche de l'hôpital. Une chambre à deux lits. Dans l'un, un homme au visage doux, ourlé d'une barbe blanche, des yeux bleus profonds. Les deux infirmières qui accompagnent Julien l'aident à s'installer sans trop de douleurs et le temps se remet à couler comme le goutte à goutte des perfusions.

Peu de mots. À l'hôpital, il faut garder ses forces pour les phrases qui en valent la peine : demander à l'infirmière de garde la piqûre qui apaise, un soin particulier, encourager un voisin de lit qui souffre plus que vous, répondre quelques mots gentils à une visite inattendue, peu de mots, l'essentiel. Frère Marcel reste des heures, les mains croisées sur la poitrine yeux clos. Orme sait qu'il ne dort pas, qu'il prie pour le salut du monde. Ce n'est que peu à peu que les liens entre eux se sont tissés…

Liens de la présence dans ce lieu blanc, liens tissés de leurs faiblesses, de leurs courages, de leurs attentes. Lieu et liens de souffrances, d'espoirs, de rechutes. Un seul geste, un seul regard suffit à rendre intelligible l'un ou l'autre, l'un et l'autre. Rythme des soins, des visites (les frères moines, pour lui sa sœur) des saisons (lorsque le ciel devient enfin le ciel et un visage un visage) anciennes plaies guéries, accalmie du mal (de la douleur simple).

Immobilité dans l'interminable de chaque jour.

Marcel supportait assez bien sa chimiothérapie. Orme avait déjà eu la sienne et attendait. Le professeur Rubin passait les visiter une fois par semaine, aussi régulièrement, Marcel accueillait un membre de sa communauté. Ce dernier lui donnait quelques nouvelles du monastère, puis dans un long silence, ils se mettaient à prier. Ces jours-là, Orme éteignait la télévision ou son poste à transistors.

Maintenant, il est seul dans la chambre.

Orme a gardé la bible de Marcel. Il lui avait dit, un jour qu'ils bavardaient dans le parc, qu'il pourrait la conserver. Sur le moment Julien n'avait pas accordé d'importance à l'offre de son ami. Tous deux étaient là pour mourir ou pour guérir. Il a mis le livre dans sa table de nuit.

Frère Marcel est parti sur un chariot, Orme n'a pas demandé où. Peut-être lui reste-t-il de la famille, peut-être sera-t-il enterré dans un cimetière près de son monastère. Voilà, il est mort le petit moine, et lui, il est là.

Oh, pas très vivant certes, mais là, à regarder le matin poindre.

★

Quelques jours après la mort de frère Marcel, Julien amorce une rechute. Au début, une petite fièvre, rien de bien alarmant. Vingt-quatre heures plus tard, il ne peut plus s'alimenter. Il choit avec terreur dans ce qu'il connaît déjà, un désert d'angoisses d'où il sait que l'on peut ne pas revenir. Il se souvient de ce que lui disait frère Marcel lorsque la douleur était trop forte, citant

Silouane du mont Athos : «Tiens ton esprit en enfer et ne désespère pas».

Mais lui désespère, bout de la souffrance (il ne sait pas s'il y a des limites à la souffrance), bout des forces... Cette douleur qui ne vaut pas le poids de sa peau. Dans ses cellules en furie, revient un autre ordre que le sien, un désordre mortel.

Mais quoi ? Toute cette lutte pour rester dans ce linceul de chair tuméfiée ?

Ce matin, il doit retourner en chimio, tirer de sa viande le verrou de la peur, se laisser aller, il est las.

Immobile sur le lit, dans sa veine le fer de la perfusion.

«Vous avez de belles veines» lui disaient les infirmières au début de son hospitalisation, maintenant elles ne lui disent plus rien. Avoir de la veine, voilà ce qu'il voudrait.

Il attend... Il attend que le chariot de la mort vienne le chercher, ce bon vieux chariot qui roule silencieux dans tous les couloirs du monde et sur lequel frappe doucement le flacon de la perfusion, bruit imperceptible de la faux.

Ainsi, il demeure dans la peur et ses draps sont lourds de sa sueur d'angoisse. Il croit pourtant distinguer dans un demi-coma, le visage souriant, transfiguré, de frère Marcel qui le regarde...

Neuf heures du matin. Ici les coqs ne chantent pas. La terre du parc est encore humide, elle-même soupire. Pâle soleil qui n'arrive pas à réchauffer l'espoir d'un mieux être.

Aiguille dure et froide dans son bras trop blanc. Au loin, pépiements d'oiseaux inaccessibles...

Odeur douceâtre de l'hôpital, des chairs, yeux clos. Dans les draps, corps lié à une lente et diffuse douleur. Il se demande pourquoi il n'arrive pas à mériter sa mort. Pourquoi tant d'efforts pour tenter de le sauver, lui qui ne sert à rien, à personne, alors qu'un saint est mort près de lui il y a une semaine ?.

Mais que sait-il ? La mort est-elle griffue ? Image fausse des vivants. Plutôt des gants de soie blancs, mort tranquille, légère, mort d'après les souillures et les souffrances, belle mort, bonne mort, prête à recevoir tous les corps las, torturés. Corps souffrants, cherchant une rédemption, corps enfin prêts à se réfugier, apaisés, dans ses bras, dans son vide, au creux d'un accueillant silence. Mère-mort, pourquoi ne veut-elle pas venir jusqu'à lui cette mort quiétude, cette mort consolation.

Plus de questions, cesser de divaguer, il a mal. Dans un moment on va le descendre à la chimio, ça ira mieux, ça ira mieux...

Il se met à pleuvoir, puissante ondée, pluie d'avril qui vient rajouter, ajuster sa musique à l'ordre tenu de la saison. Le bruit des gouttes contre les carreaux lui rappelle le tac-tac d'un archet frappant imperceptiblement le corps d'un violon.

Il ouvre les yeux pour regarder l'eau qui coule le long de la vitre sale. Ce banal spectacle le ramène à ce qu'il croyait avoir oublié, ce qu'il pensait être devenu sans importance, sans plus aucune signification pour ceux qui, comme lui, laissaient la vie derrière eux.

C'est comme si ce qui reste en lui de valide, de fort, de volontaire, avait fait de ses profondeurs un saut en avant, en avant !, c'est-à-dire hors de lui, pour entrer dans cette stupide, dans cette inutile goutte de pluie…

Julien veut, avant que cette larme sale ne touche le rebord usé de la fenêtre, entrer en elle et ne laisser sur le lit qu'un cadavre, son cadavre… Au moment où il pense cela, il fait un tel effort pour ÊTRE cette goutte d'eau, qu'il se redresse sur son lit, puis retombe, épuisé, vidé par ce bond hors de lui-même. Le dernier acte de sa vie croit-il. Car il veut terminer là, quand la goutte d'eau éclatera sur le bord de la fenêtre…

C'est fini, il n'est arrivé à rien encore une fois : ni à vivre, ni à mourir, pauvre chiffe. Et pendant que la pluie accentue la descente de la goutte d'eau, Orme pleure de n'être qu'un homme.

Les secondes passent. Il ne pense plus à rien, hébété. Il est aussi absurde, aussi inutile, aussi peu réel que cette goutte. Mais comme elle, aussi existante, concrète, assoiffée d'une autre goutte de pluie qu'elle rejoint sur la vitre et qu'elle engrosse; deux gouttes, trois, quatre.

Elle n'est plus seule, mais sœur, et c'est maintenant, oui, maintenant qu'il sent une énergie partir de son tréfonds, s'amalgamer à cette goutte, oui, quelque chose en lui achève de se déchirer, de se rompre, tandis qu'elle explose contre le rebord de la fenêtre, libérant sa force neuve, nette…

Il pousse un gémissement, un jappement de chiot et quelque chose en lui (quoi ? il ne saurait le dire) fond, se dissout, peut-être une partie de sa douleur, du désespoir d'être là, d'avoir été réduit à ces os…

Il sait qu'il vient de se relier à la vie, qu'il s'est rattaché à elle par un lien invisible, réel. Non seulement il ne mourra pas dans cet hôpital, mais il a désormais une infime (une ultime ?) chance de guérir. Alors, il ferme les yeux. Il a soudain envie d'arracher sa perfusion pour aller à la fenêtre respirer cet air d'avril. Mais il ne peut pas bouger, qu'importe, bouger n'est pas absolument nécessaire, pour croire à une possible Épiphanie.

Quelques semaines plus tard, les médecins notent une stabilisation positive de la maladie. On cesse la chimio. Orme retrouve confiance. Il n'a pas oublié ce jour de pluie, mais cela lui paraît être une expérience faite à son insu.

Fin avril, il va encore bien, pas d'alarmes. Les infirmières sont contentes. Diminution des perfusions. Il commence à se lever. Sa sœur vient régulièrement le voir, quelques amis, Marie qui fut un temps sa compagne. Il parle peu, se regarde parfois dans une glace, plus le même visage, la maladie l'a travaillé avec une gouge, un ciseau. Il se reconnaît un peu entre les rides qu'a creusées la souffrance.

Une petite (toute petite) lumière, s'est allumée dans ses yeux. Il songe à ceux de Marcel, mais il sait que ce n'était pas pareil, c'était une autre lumière, plus pure, plus profonde, un éclat brut, mais si fin que c'en était bouleversant. À cause aussi de ce regard, il ne sera plus le même, jamais.

Souvent, il parcourt la bible, belle histoire. Il regarde les arbres du parc, le printemps : PRINTEMPS. Il dit le mot, le savoure, PRINCE TEMPS que rien ne presse et qui revient voir les vivants. Jamais il n'aurait cru ça, revoir le prince-temps.

Revoir ? mais jamais il ne l'a vu, jamais il n'a vécu l'arrivée du printemps au fond de sa bibliothèque. Il se disait en regardant le calendrier : bientôt le printemps; il n'en savait rien, c'est comme s'il avait dit : un tel est en chimio, un tel est en réanimation, non, il ne savait pas, maintenant, seulement maintenant, il sait.

Début mai, service ambulatoire. Il est autorisé à sortir trois jours par semaine : vendredi, samedi, dimanche. Sa sœur l'héberge dans sa grande maison. Il a sa chambre, joue aux dames avec Paul son beau-frère, s'amuse avec leurs deux enfants Julie et Vincent. Regarde des films à la télévision, fait un peu la cuisine, va se promener en ville. Soudain, tout lui paraît neuf, tant de choses qu'il croyait avoir vues, tant de choses qu'il pensait connaître par cœur, et le voilà éberlué.

Il est retourné dire bonjour aux gens de la bibliothèque. Pavier le chef magasinier est content de le revoir. Non, il n'est pas question qu'il reprenne le travail, il est classé longue maladie, avec probablement une pension d'invalidité. Il a un peu d'argent devant lui, peu de besoins. Les autres gouaillent : Orme, sacré veinard, flibustier, il a trouvé le truc pour coincer la bulle, se la couler douce et les petites infirmières ? Ah oui hein ! les petites infirmières ! Orme sourit. Non, ils ne savent pas et ne veulent pas savoir. Vies minuscules, yeux fixés sur leur seule réalité, tout comme lui avant. C'est mieux ainsi, c'est mieux pour tout le monde...

Au revoir Pavier, Majorel, Ducamp, Brousse, au revoir les milliers de livres à relier, adieu la bibliothèque. Orme va avoir quarante ans, il est entré à vingt-trois ans comme commis magasinier pour remplacer son père qui venait de partir à la retraite et qui devait en mourir un an après. Quinze ans là, à classer, relier, étiqueter, réceptionner. Il n'était pas malheureux, et puis il y a eu ça, la maladie. Une partie de lui est définitivement classée, étiquetée, reliée : son dossier à l'hôpital de Saint-Mont.

Service ambulatoire. Réapprendre à vivre. Il vogue entre l'hôpital et la chambre que sa sœur lui prête. Il va chercher les enfants à l'école. Il rend service, fait les commissions, un peu de ménage, tâche de se rendre utile. Il est encore faible, mais la vie en lui bat lentement la mesure des heures.

Les premières chaleurs l'épuisent. Il reste une semaine en observation à l'hôpital. C'est un cas Julien Orme, mais le professeur Rubin est satisfait. À nouveau, service ambulatoire, peu à peu, du mieux, de la vie...

JUILLET. — Orme est sagement assis dans le bureau du professeur Rubin, derrière, les grands livres de médecine. Le maître a un dossier ouvert devant lui. Julien attend, un peu anxieux. Le professeur pose doucement ses lunettes et se pince le haut du nez entre le pouce et l'index de la main droite :

— Savez-vous monsieur Orme que l'évolution de votre maladie est positivement...

— Étonnante ? (*Miraculeuse* est l'adjectif que Julien voulait employer, mais il n'a pas osé.)

— Eh bien, c'est cela même, étonnante.

— Vais-je pouvoir quitter l'hôpital ?

— Nous pouvons y songer, il faut cependant rester prudent, une rechute est toujours possible. Nous allons vous trouver une maison de repos où vous pourrez être suivi pendant quelques mois. Orme acquiesce, reconnaissant. Il entre donc en convalescence. Il quitte le bureau du professeur Rubin avec le sentiment d'être plus léger, mais désormais plus mortel.

II.

Il est installé chez sa sœur. Il fait beau. Août. Orme passe des journées sur une chaise longue. Ses papiers de prise en charge par la Sécurité sociale sont remplis. Il attend une place dans une maison de repos qui voudra bien l'accueillir. Il lit des romans, des poèmes, des magazines. Tout cela a un goût nouveau pour lui. Il reste des jours à savourer sa vie, à attendre qu'une once de joie vienne frémir dans son corps dévasté. Avant, lorsqu'il était en bonne santé, il ne savait pas que c'était ça, vivre. Il croyait à des prouesses, imaginait des aventures, des bonnes fortunes. Il ne savait pas attendre, faire un geste, regarder un lézard vert sur un mur blanc, boire un café et voir lentement fondre le morceau de sucre. Il ne savait pas, il était normal. C'est-à-dire insensible à la précarité, à l'éblouissante précarité du monde. Le temps s'est fait lui-même une place dans sa vie, dans sa chair. Lorsqu'il était magasinier à la bibliothèque, il croyait qu'un jour, il pourrait faire ce qu'il voudrait, qu'un monde nouveau s'offrirait à lui comme par enchantement. Seule la douleur était venue mais aussi frère Marcel et avec eux tout le possible était arrivé, sans qu'il le veuille, sans rien chercher. Qui donc recherche la souffrance comme épure ? Il sait aussi ce que veut dire le proverbe que lui a appris frère Marcel :

— Le feu ne demande pas pardon au métal qu'il purifie.

Tout cela, simplement, est venu à lui et non de lui. Il reste pantelant devant ce mystère de la souffrance, il ne sait rien, et ses tentatives pour comprendre s'enlisent dans cette vie retrouvée. Pourtant quelque chose a bougé en lui, quelque chose s'est déchiré (quoi ? il ne saurait le dire).

Il reste là, comme un caillou qui attend la pluie. Quelques amis passent le voir au jardin, mais ils lui parlent comme s'il était encore dans son lit d'hôpital. Lui ne peut rien leur expliquer, rien qu'ils ne sachent déjà : préparez-vous au passage. Il ne peut que répéter ce que lui a dit Marcel, ce que tout le monde feint d'oublier, mais il est normal que tout le monde oublie, s'oublie. Il y a trop loin de nous aux autres, de nous à nous, trop de chair, trop de larmes, trop de choses, trop de mots.

Ils l'écoutent, mais pas vraiment bien sûr. Pour écouter, il faut que s'ouvre l'oreille du cœur, celle qui n'est pas pleine des cris de la passion, du bruit de l'amertume, du brouhaha des logiques, lui-même, longtemps n'était-il pas fermé, verrouillé à la douleur du monde, à la pesanteur pleine d'un moment, à la beauté.

Les papiers de la Sécurité sociale le prenant en charge pour son installation dans une maison de repos sont revenus. Il y aura une place libre pour lui dans deux mois. Il faut attendre, il attendra.

Un matin, il marche dans le jardin en lisant la bible. Tombe d'entre les pages une image. Il la regarde : Notre-dame de la Dormition. Au dos, une adresse, celle du monastère de frère Marcel. Il remet l'image dans le livre et poursuit sa lecture.

Le soir, la maison est en sommeil. Il réfléchit devant sa bible ouverte : existe-t-il un destin ? L'homme est-il libre de choisir son chemin ? pour aller où, sinon vers la mort, l'anéantissement, l'oubli. Ou alors, tout demeure caché, il faut seulement avancer, vivre sans questions, les réponses étant données par la vie de chaque jour. Il écrit au père abbé pour lui demander l'autorisation de venir passer quelques jours au monastère.

Marie passe le voir. Ils ont vécu ensemble trois ans, maintenant elle est mariée. Elle a compté dans sa vie, mais il n'était pas sûr de vouloir l'épouser, avoir des enfants (elle a aujourd'hui un petit garçon) le plaisir qu'il prenait avec elle lui suffisait. Non, au fond il ne l'aimait pas assez. Il est trop tard, avec la chimio, les traitements... Il frissonne, mérite-t-il encore le nom d'homme ?

Il explique à sa sœur cette volonté qu'il a, ce besoin d'aller au monastère. Elle comprend, elle-même a rencontré frère Marcel. Elle lui demande s'il sera assez fort pour tenir, il dit qu'il espère pouvoir, sinon, il reviendra là.

Le père abbé répond affirmativement. Oui, Orme peut venir, il faut seulement avertir par un coup de téléphone au moins un jour avant.

★

Début septembre, un sac refermé sur quelques effets, un peu d'argent.

Un bus pour aller jusqu'à la gare. Il avait cru (imaginé) que seuls quelques grands artistes avaient trouvé des souffrances à leur taille, tout embrasés qu'ils étaient par leur création. Il connaissait tel ou tel récit d'être humain totalement déchiré par une souterraine meurtrissure, un violent mal de l'âme, installé au plus profond, dans cette partie incernable entre chair et sentiment. Il sait désormais que la souffrance n'est l'apanage d'aucun; seule diffère notre façon de la porter, de la vivre. Quitter une chambre douillette, des êtres aimés, quelques habitudes retrouvées, après ce qu'il a enduré, le cogne d'un remords nouveau. Mais sa volonté n'est pas pour grand-chose dans sa décision de partir, simplement, il ne peut pas rester comme ça, à attendre (il n'oublie pas le trajet de la goutte de pluie). Tout s'est dénoué, déplacé, les liens, les attaches de dizaines d'années...

Quelle est cette marée claire qui le pousse à dépasser son propre espoir ? l'aveugle désir d'arriver à exténuer en lui sa part de boue ? cesser d'être boursouflé de larmes, de peurs contenues, retenues. Ce grondement à l'intérieur de son être a fini par venir à bout de lui, au bout de ce qui le tenait si fort fixé à sa vie d'autrefois.

Il a pris un billet et s'est installé dans un compartiment vide, son sac près de lui. Il voudrait trouver un chemin neuf, ne plus vivre fragmenté, les mots de la vie pourront-ils monter en lui, remonter en lui ? Non pas tant les siens qui sont de peu d'importance, mais ceux qu'il a entendus de la bouche même de frère

Marcel. Avant que tout cela ne commence, avant que tout en lui ne se dérègle, quelque chose de son être était-il accordé ? A-t-il possédé quelque chose en propre, hormis son mal, ses peurs ? comment faire pour tuer la peur ?

— Il ne faut rien chercher à tuer, il faut chercher à aimer, lui disait Marcel. Mais de quoi cet amour est-il fait ? De quelle panacée ? Que faut-il faire pour le mériter, pour en user ?

Le train monte par un col étroit. La ville n'est plus qu'un souvenir bruyant. Il sait qu'il ne se libérera pas facilement de l'hôpital. Il ne suffit pas de quitter le passé pour que les sentiments qui vous liaient à lui cèdent et fassent place à un soudain enchantement. Le train le laissera dans la petite ville des Bastides-Franches, il devra ensuite prendre un bus qui le déposera au village de Plan-Gaillard. Là, il aura le choix : téléphoner au monastère pour qu'on vienne le chercher ou marcher trois kilomètres.

Il regarde s'éloigner l'autobus. Assis près de la fontaine, il s'interroge : se savoir lâche, se le dire, le répéter et en souffrir. Faut-il s'accepter tel que l'on est, tel qu'on naît, n'est-ce pas la première marche, à coup sûr la plus douloureuse, sur le chemin du courage ? Qu'est le courage vrai ? Vivre ? Reste en lui ce besoin de paix, qui demeure à l'exacte place où sa première douleur l'a laissé.

Que lui disait Marcel ?

— La persévérance est un choix, c'est à partir de là que naît l'espoir.

Il marchera les trois kilomètres. Il fait beau et son sac n'est pas très lourd.

Autour de lui, les montagnes.

La clôture de l'homme est dans son cœur. Appuyé contre un rocher, il a mis sa tête dans ses mains. Deux kilomètres parcourus, il est épuisé. Ridicule tas de cendre, avec au centre un cœur qui ne bat que pour sentir la douleur. Il reste là un long moment pour reprendre des forces. Un oiseau strie le ciel d'une aile ordonnée, temps clair, sans nuages, mais lui a froid jusque dans ses os.

Pourquoi veut-il aller dans ce monastère ? pourquoi ne pas s'en retourner ? il sera à la maison ce soir et lira un conte à ses neveux. Pourquoi une épreuve supplémentaire ? lui qui ne se sent fait pour aucune épreuve, lui qui n'est fait pour rien de particulier. Magasinier dans une bibliothèque, puis convalescent, rien d'un cénobite, rien, vraiment ! Assis là, il attend. Il sait qu'à partir de maintenant (C'est-à-dire depuis qu'il a quitté l'hôpital) sa vie ne sera qu'une attente. Non pas vaine attente comme elle semble l'avoir été jusque-là, non pas vie reçue par hasard et vécue distraitement, mais vie qui serait en attente de la vie. Voilà ce qu'il veut. Comprendre ! et qu'à la fin de cette attente, il soit embrassé par un peu de vraie vie, de celle que l'on dit absente et que lui croit devoir exister.

Pour le moment, il ne peut que rêver à cela, et déjà, rêver l'épuise.

Tout de même, il ne va pas rebrousser chemin, ce qu'il a vécu là-bas à l'hôpital doit lui suffire pour ne pas perdre courage. Il sait que demeure en lui une chance de remonter un jour au jour. Cependant, il a le droit de rebrousser chemin, personne ne lui en fera reproche. Orme se lève, remet son sac à l'épaule, et avance.

Il arrive en vue des bâtiments du monastère : on dirait un gros chat blotti dans les montagnes. En se rapprochant, il peut distinguer ce que Marcel lui a si souvent décrit : la grande maison, le réfectoire, la chapelle, tout ce qui forme la clôture. Ce qui l'impressionne le plus, c'est le silence qui règne partout dans ce lieu, tandis qu'une lumière bleue paraît découper des contours jaunes et ocres autour du monastère.

Début d'après-midi. Il lui semble être arrivé au bout

du monde. Il ne peut aller plus loin. Plus loin pour lui, c'est l'inexplorable, l'inexorable. Sa route s'arrête là (mais à l'hôpital ne voulait-il pas de même quitter sa route, sa douleur ?).

Devant l'hôtellerie, il a posé son sac. Il transpire et il a froid. Peur de ce silence, de cette solitude. Peur de rechuter dans la maladie, ici, coupé de tout. Le monastère paraît désert.

— La vie ne lâche pas prise facilement, disait Marcel.

Un chien aboie, très loin au bout du hameau. Un oiseau glisse d'un cri. Impossible de faire un don. Il reste là, fermé à lui-même, le cœur pétrifié, seulement entrouvert au monde par la douleur de ses plaies. Un moine sort de la clôture et s'avance :

— C'est vous qui avez téléphoné ?

— C'est moi.

— Le père cellérier va venir.

Le moine s'éloigne. Rien d'autre à faire qu'à attendre. La règle ne change pas depuis l'hôpital. Rien d'autre à faire qu'à se mesurer avec soi, qu'à soupeser, mesurer ses anciennes attentes.

— Bonjour. On se connaît je crois ?

Un moine se tient devant lui. Ils se connaissent depuis l'hôpital.

— Venez.

Ils parcourent une centaine de mètres. Le moine ouvre une porte et propose à Julien de poser son sac près de l'escalier.

— Père abbé viendra vous donner une cellule. Vous êtes monté avec le car ?

— Oui, et j'ai marché.

— Désirez-vous boire quelque chose ?

— Volontiers.

Ils vont jusqu'aux cuisines : quelques marches grimpées, pour se trouver dans une pièce meublée sobrement. Deux femmes dont une très vieille officient. Le moine demande une tasse de café. La plus jeune va puiser le breuvage dans une haute cafetière. L'autre femme propose à Julien de s'installer en bout de table.

— Après votre café, je mettrai des haricots à écosser, vous savez faire ?

— Oui.

Le moine sourit.

— Je mets la bassine en bas des marches.

Le père cellérier quitte la cuisine. La femme tend à Orme un bol et deux sucres. Quand a-t-il bu un bol de café pour la dernière fois ? Agréable l'odeur et douce la chaleur. Il déguste à petites gorgées. Il fait bon dans la cuisine. Le silence est partout. Seule la pendule actionne régulièrement son balancier de cuivre. Cette cuisine, ces femmes, existent comme si les pierres mêmes de ce monastère les avaient enfantées, comme si le monastère lui-même avait été accouché par la montagne.

Le café bu, il remercie et trouve en bas des marches la bassine. Il s'installe sur le banc de pierre, près du gros châtaignier et se met à l'ouvrage...

Garder intacte en soi une parcelle vierge pour le miracle quotidien d'exister encore un peu. A-t-il bien fait d'oser cette épreuve ? Il se souvient de la main de frère Marcel dans la sienne. Fiel ou ciel ?

Un moine vient sonner la cloche pour l'office. Il reste assis à finir son travail. Prier, il ne pourra pas. Il ne croit en rien. Ciel vide, vie inutile. Tous ces livres qu'il a lus autrefois, tous ces mots pour apprendre à mourir, pour attendre une mort qui n'est pas venue.

Terminé. Il monte la bassine à la cuisine. Une femme (la plus jeune) le remercie d'un signe de tête. Il retourne s'asseoir sur le banc. Ne ferait-il pas mieux de repartir ? S'il doit rechuter, que ça ne soit pas loin de ceux qui l'aiment. Mais Marcel aussi l'aimait. Orme décide de rester, il est incapable de dire si c'est par nostalgie, par orgueil ou par curiosité.

Un moine s'avance. Orme sait qu'il a devant lui l'abbé. Ils se dirigent vers l'hôtellerie après s'être salués.

— En ce moment, nous avons peu d'hôtes, mais ce n'est pas toujours le cas. Vous restez longtemps ?

— Je ne sais pas.

— La participation aux frais est de trente francs par jour, mais vous donnez ce que vous pouvez.

L'abbé sort un trousseau de clefs et ouvre la maison. D'une armoire il tire deux couvertures, une paire de draps et une taie d'oreiller. Orme aura une cellule à l'étage. Trois mètres sur trois, un lit, une table, une chaise. Au mur une icône de saint Benoît. Une fenêtre ouverte sur la montagne.

— Vous mangerez avec nous dans la clôture. Il y a une petite cloche qui appelle au réfectoire. Si vous voulez lire, demandez au père cellérier. Nous nous verrons plus tard pour parler.

Dieu vous bénisse.

Orme a posé son sac sur le lit. Debout, il regarde la cellule en bois clair. Il se rappelle son entrée à l'hôpital, mais ici, c'est différent : sentiment d'une solitude plus complète. Il se met à faire son lit, prend les gélules que lui a prescrites le professeur Rubin. — NE PAS DÉPASSER LA DOSE PRESCRITE.

Sa cellule rangée, il va faire quelques pas hors de l'hôtellerie.

Petit chemin herbu qui monte vers un pré. Il cueille une fleurette jaune qu'il coince entre ses lèvres. Le ciel est grand bleu. Quelque chose naît en lui qu'il commence à sentir : il est vivant.

Que va-t-il faire dans ce monastère ? Que veut-il faire du temps qui reste ? Il ne sait pas. Un oiseau poursuit au ciel d'une aile agile un nuage blanc…

Revenir lentement vers l'ermitage par le même chemin, il est soudain tout courbatu et il a froid. La douleur pourra-t-elle un jour l'oublier ?

Un moine :

— Père abbé veut vous voir.

Ils entrent dans la clôture. Le frère frappe à la porte d'une cellule, prononce une courte prière, attend les mots de bénédiction puis se dérobe pour laisser Julien entrer. L'abbé le reçoit chez lui. Lit recouvert d'une courtepointe ouvragée, une bibliothèque, au mur, des icônes et les photos des Patriarches. Le père invite Julien à prendre place.

— Alors, bien installé ?

Orme répond par l'affirmative, soudain intimidé, comme en présence du professeur Rubin.

— Quel est votre métier ?

— J'étais magasinier à la bibliothèque de Saint-Mont.

— Et votre santé maintenant ?

— Je vais mieux, normalement je dois aller en maison de repos, mais je vous ai écrit à cause de frère Marcel, j'avais envie de venir ici.

— C'est une belle démarche.

— Nous étions très proches vous savez.

— Je sais, Dieu bénisse ses serviteurs.

— À propos de Dieu, je dois vous dire, père, que je n'ai pas la foi.

— Vous pourrez trouver ici le repos et si vous voulez parler, vous demanderez.

Il trace un signe de croix devant Julien, l'entretien est terminé.

Retour dans la cour. Rien d'autre à faire que donner des coups de pied aux cailloux qui bordent le chemin, regarder les chats faire peur aux poules et au-dessus du monastère, les montagnes.

Après vêpres, la cloche sonne l'heure du repas. Il monte les quelques marches. Le réfectoire est une salle basse de plafond, dans un coin, les icônes, avec dessous une lampe allumée. Les moines se rangent autour d'une longue table. Orme est à côté d'un novice. À l'arrivée de l'abbé, tous se tournent vers les icônes pour la bénédiction du repas. C'est dans un silence total qu'ils prennent une collation simple, faite de crudités, d'œufs et de fromage de chèvre, qu'accompagnent une grosse tranche de pain et l'eau claire de la cruche.

L'abbé prend la parole pour connaître l'avancée des travaux du jour et distribuer les tâches du lendemain.

Sitôt le repas terminé, les huit moines chantent debout la prière d'action de grâce et quittent un à un le réfectoire.

Julien sort de la clôture. Les premières lumières s'allument dans la montagne.

Après un assez long temps où il est resté immobile, il a entendu la cloche qui appelle à la prière du soir. Tous se hâtent vers l'office des complies. Bientôt, monte de la chapelle un chant ample et pacifique. Orme regarde et écoute sans comprendre, sinon que tout ici est paix. Les petites flammes des cierges ont sur lui un effet soporifique. L'odeur de l'encens et les récitatifs le font entrer dans une douce torpeur… Il quitte la chapelle pour aller respirer le soir. Il regagne sa cellule pour le grand repos, tandis que les moines (noir sur noir) s'enfoncent dans le monastère. Il retrouve une odeur de bois, s'assoit sur le bord de son lit et ouvre sa bible…

Sonne une dernière fois la cloche du monastère.

Orme décide de faire comme la règle le prescrit : se coucher sur le dos et ne plus penser. À chaque jour suffit sa peine, et lui, de la peine, il pourrait même en revendre au marchand de sable.

III.

Ainsi c'est le premier jour. Dans sa cellule de bois clair, il n'a ni froid ni faim. Seules des questions toujours reposées tournent en lui.

Que faire maintenant de toute cette vie ?

Il voudrait écrire à sa sœur, se confier, mais il reste vide devant sa feuille blanche. Il regarde par la fenêtre le soleil qui peint les murs du monastère. Il est huit heures.

Immobile sur le seuil de l'hôtellerie. À nouveau, le silence l'a saisi. Une main géante sortie de la montagne pour lui rappeler qu'il n'est rien, un déchet d'homme venu là pour voir car c'est la mort qui l'a poussé ici. Il regarde les maisons qui forment le monastère, la fontaine, la placette sur laquelle trois chats paraissent attendre quelque chose qui jamais ne viendra. Depuis l'hôpital, il est comme ces chats, glissé de l'autre côté, sur un autre versant, dans le ravin du monde…

Rumeurs de la vie, tumeurs, humeurs, chaque seconde comme une goutte d'eau. Attendre quelque chose, sentir ce qui bat et respire en lui. Il s'émeut devant la montagne, le monastère. Une petite femme accrochée au bras d'un homme s'approche de l'hôtellerie. Ils saluent Julien d'un signe de tête. La femme hésite, fait deux pas dans sa direction :

— Vous aussi, vous voulez devenir moine ?

Orme qui n'a pas compris la question s'avance vers le couple.

La dame baisse les yeux, l'homme esquisse un sourire.

— Notre fils s'est fait moine, il y a cinq ans maintenant, vous aussi vous voulez être moine ?

— Non.

Comme si elle n'avait rien entendu, elle poursuit :

— C'est mon fils unique monsieur, moine !

Son compagnon hoche lamentablement la tête, elle continue :

— Ça lui a pris d'un coup, la foi ! devenir moine, vingt-cinq ans, il allait être ingénieur, une intelligence, et joyeux avec ça !

Le père :

— Pour ça oui, joyeux comme un pinson.

— Et le voilà avec cette soutane noire, moine monsieur !

— Une soutane n'est pas un cercueil madame.

— J'avais mis tant d'espoir dans mon garçon monsieur et voilà, maintenant Dieu me l'a pris.

Orme se demande si l'on peut rivaliser avec le choix de Dieu :

— Votre fils pourrait être mort madame.

Les deux parents le regardent étonnés par sa réponse, puis s'éloignent à petits pas retrouver leur fils bien vivant.

Orme marche sur la route, mains dans les poches. Il pense à l'orgueil, cataplasme des petites misères. Il faudrait qu'il ait la capacité de tout réapprendre, l'énergie de trier, savoir ce qui en lui subsiste, ce qu'il est devenu, ce rien, cette dérive, mais peut-être avec ce que Marcel lui a appris, il finira par comprendre un peu...

Il s'assoit près d'une bergerie en ruine, poutres écroulées, rongées par les pluies et la mousse. Fougères, ronces, et des plantes dont il ignore le nom. Le ciel est haut dans le ciel. Sillages, sillons, étreinte du silence. Souvenir de sa vie sur la seule portée de ses images intimes... Enfance, mort de sa mère, les pensionnats, les lectures, la solitude, les secrets. Mariage de sa sœur, son travail à la bibliothèque, ses maigres études, mort de son père. Marie, ses premières découvertes sexuelles...

Où en est-il ? que sait-il de lui ? retrouver un fil conducteur, sinon quoi ? attendre ? oui, accepter ? oui, il sait faire ça. Il n'a aucune révolte en lui : ordre, désordre, manques, lâcheté, frustration, il a tout accepté mais il ne se résigne pas, car il ne sait pas quel est ce combat aveugle dont sa vie est l'enjeu, dont sa vie est le prix. Ni nu ni vêtu.

N'a-t-il pas désiré mourir pour en finir avec une agonie incertaine et quelque chose en lui n'a rien voulu savoir. La vie qui lui restait a choisi la vie. Passage étroit où s'est réalisé le mince miracle qui le voit ici dans ce matin.

Sans bonnes questions, pas de bonnes réponses. Qui les lui fournira maintenant que frère Marcel n'est plus là ? L'abbé, les moines, les hôtes, la liturgie, les icônes, son propre corps ? peut-être les questions se nourrissent-elles seulement de questions ?

Il se lève. En contrebas, loin sur la route, il voit se promener un moine avec ses parents, ceux-là mêmes qui lui ont parlé. Il retourne vers l'ermitage.

Sur la place du châtaignier, un chat gris joue avec une poule. Il est sur le banc de pierre, les mains croisées sur ses genoux. Il voudrait être comme ce banc, pierre parmi les pierres. Un moine passe sans le regarder. Orme sait que même hors de la clôture, ils sont tenus au silence. Le père cellérier s'approche, il porte une bassine jaune :

— Voulez-vous peler ces quelques pommes de terre ? Il pose la bassine devant Julien et s'éloigne. Orme se met au travail...

Onze heures. Tierce sonne. Les moines se rendent à l'office.

Lui, continue son épluchage. À quoi lui servirait-il d'aller bâiller devant les images saintes ? Si Dieu est partout, Il le voit éplucher et sait qu'il y met tout son cœur...

Une douleur soudaine au côté gauche lui rappelle qu'il doit prendre un médicament. Mais avant, il veut terminer son travail. Une fois la dernière patate épluchée, il dépose la bassine sur les marches de la cuisine et se rend dans sa cellule.

Allongé sur son lit pour calmer les battements de son cœur. Espérer que le couteau qui lui déchire le côté s'apaise. Lui qui parlait d'entamer un dialogue avec son corps, ce corps qui n'en fait qu'à sa tête, qui semble lui en vouloir de l'avoir traîné là et qui le bouscule chaque fois que l'envie lui en prend. Mais il veut tenir le coup, il faut attendre que la potion fasse effet, dans un petit quart d'heure il aura récupéré. Peu à peu la douleur se replie, se tasse, s'éteint. Il peut marcher jusqu'au réfectoire. Les huit moines sont debout, tournés vers les icônes.

Bénédiction du repas de midi. Sur la table, le pain et l'eau, la salade, quelques tomates, du fromage.

Dans le silence, bruits de couverts que l'on repose, tintement de l'eau fraîche qui coule de la cruche aux verres, choc imperceptible de la louche contre les écuelles de grès. Orme n'a plus mal. Il mange lentement en regardant par la fenêtre. Il observe aussi les moines et se demande comment les gens, ailleurs dans le monde, peuvent engloutir tant de nourriture avec tant de bavardages (et lui-même, lorsqu'il était bien portant).

Ici, tout paraît à sa place. Même lui, si dérouté, si hors de lui, hors-jeu, trouve ici un lieu où s'insérer, où se tenir, se retenir pour attendre. Et voilà qu'il se met à espérer un mieux être qui prendrait sa source ici (en lui ?) et qui pourrait se prolonger, il ne sait jusqu'à quelle extrémité de lui.

Le repas terminé, les moines regagnent leur cellule. Orme et le père de frère Jude descendent dans la cour. Près du châtaignier, ils retrouvent la mère qui tricote de la laine bleue. Elle voit Julien et sourit. Ils ne disent rien. Pendant un moment, seul le cliquetis des aiguilles, seule, cette laine bleue qui monte, maille après maille, comme une offrande vers le ciel qui ne lui rendra pas son garçon.

Ils restent ainsi, posés plutôt qu'assis sur le banc de pierre. Le dos calé contre l'arbre séculaire, les yeux mi-clos. Le père allume une cigarette avec des mains qui tremblent, il regarde sans la voir la flamme de son briquet. Se rappelle-t-il le rire clair de son fils dans la lumière d'une première volute blanche ? Julien observe le mouvement précis et rapide des aiguilles, la femme tire sur sa pelote de laine et dit sans regarder personne :

— Demain nous partons.

Elle a parlé d'une voix étouffée, comme si elle voulait confier un secret, comme si elle demandait pardon. Orme voudrait lui raconter qu'il avait très peu connu sa mère et qu'il aurait sans doute aimé la voir tricoter plus souvent de la laine bleue.

Frère Jude s'approche, autorisé par l'abbé à passer un moment avec son ancienne famille. Les parents le regardent approcher avec gravité, comme un rituel nouveau dont leur ancien fils est chargé.

Orme se lève et s'éloigne sans un mot.

Le voilà seul à nouveau dans sa cellule. Il touche son visage, son cou, regarde ses mains, se déchausse, ôte ses chaussettes, touche ses orteils un à un avec ses doigts. Ainsi un corps c'est ça ? Il se met nu et nu touche son corps. Sa poitrine, son ventre, son sexe, ses testicules, ses fesses, ses cuisses maigres. Il est sans dégoût et sans haine pour cette dépouille. Sa main remonte le long de son visage, touche ses yeux, ses lèvres, ses oreilles, son nez. Ainsi, c'est vrai, il a un corps !

Un homme (mort aujourd'hui) et une femme (morte aujourd'hui) se sont couchés l'un sur l'autre, sont entrés (par quelles coïncidences) l'un dans l'autre, et il est venu... Il est arrivé devant les montagnes, les lacs, les œuvres d'art, les femmes, les épouses, les hommes de guerre ou de paix, les doux, les violents et les humbles, lui Julien Orme, n'importe qui, garçon de bibliothèque, malade de la vie, mais avide aujourd'hui de comprendre. Il frissonne et se rhabille. Il reste là, hébété, sur le bord de sa couche. Et si le bonheur, la joie, la paix étaient finalement des jeux d'enfants et qu'ils fondent sur ceux qui les ont vraiment choisis avec autant de force, aussi peu de logique que la maladie ou le malheur ? Mais il ne sait pas si le malheur est une maladie.

Il lit jusqu'à none. La cloche qui appelle à l'office lui fait quitter sa cellule. Il écoute les moines chanter, assis devant les icônes, il ne pense à rien. Seule la beauté, la plénitude des chants, lui fait mieux percevoir le sens du mot paix. La cérémonie terminée, il quitte l'enceinte du monastère et descend vers les maisons du hameau. Les remises sont ouvertes, remorques, tracteurs, herses, outils, tout paraît figé.

Des puits fermés par des trappes en fer au centre des jardins, des chats qui partout le regardent, comme les moines, sans lui parler.

Arrivé au bout des quelques maisons, plus rien que s'asseoir ou s'en retourner. Il aimerait faire quelque chose, il ne peut même pas fumer une cigarette. Si au moins il savait le nom des arbres, des feuilles, des fleurs, le nom des pierres, des rochers, des micas, des quartz...

Mais il ne sait rien, il regarde et c'est tout.

Un bruit de sonnailles. Il tourne la tête pour écouter.

C'est probablement un troupeau. Il se remet à marcher, il aimerait parler à quelqu'un et qu'il lui soit répondu quelque chose de beau, de vrai, quelque chose qui l'encourage à rester.

Il est revenu près du châtaignier sans voir personne. Frère Jude s'approche :

— Père abbé nous demande d'aller ramasser des patates. Orme acquiesce, content. Il se souvient combien autrefois il s'irritait en silence lorsqu'on lui confiait un travail qui dérangeait sa routine.

Ils entrent dans la remise qui se trouve près de la

bergerie. Jude prend deux sacs de toile et deux bêches. Il en donne une à Julien et ils se mettent en route.

Le champ est au bout d'un petit chemin, après un maigre cours d'eau qu'il faut franchir sur deux planches mal jointes. Jude explique à Julien comment il faut s'y prendre pour extraire les patates sans les abîmer.

Frère Jude avance vite et pose les pommes de terre sur l'amas de terre remuée. Orme plus lent, lève souvent les yeux pour regarder Jude, assez loin dans sa rangée.

Dix-sept heures. Un peu de vent chaud passe sur le champ. Julien est courbatu à tel point qu'il ne sent plus la fatigue. Les deux sacs sont pleins de pommes de terre. Jude pendant le travail n'a pas prononcé dix mots... D'un coup d'épaule, il charge le sac sur son dos. Orme le regarde éberlué. D'où ce moine maigre tire-t-il son énergie ? Julien à son tour charge son sac, il a envie de crier de douleur, il grimace.

— Ça ira Julien ?

Le moine s'inquiète, ou peut-être se sent-il capable de porter les deux sacs !

Orme dit que ça ira. Ils se mettent en marche vers le monastère. Julien ne veut pas connaître la distance qui les en sépare.

Il avance en fixant les sandales du moine. Parfois il

ferme les yeux et serre les dents, deux fois déjà, il a failli lâcher le sac qui écrase son épaule, mais un sursaut (honte, orgueil ?) l'en ont empêché. Du plus profond de son effort une image est peu à peu venue jusqu'à sa conscience, un homme marchant lui aussi avec difficulté, lui aussi affaibli par la douleur de sa charge… Ils font une pause. En contrebas, les toits du monastère. Julien a envie de pleurer. Jude reste debout et s'éponge le front avec un mouchoir bleu.

Le plus dur est fait. Le chemin descend en pente douce. Ils arrivent peu de temps avant vêpres. Rangent les outils et vident les sacs dans un bac en bois. Orme demande à Jude s'il peut prendre une douche. Le moine répond qu'il faut demander au père cellérier, puis s'éloigne…

Julien reste là, en sueur, stupide. Personne ne vient. Même à l'hôpital il pouvait rester propre, il n'a pas fait vœu de meurtrir son corps par la crasse. Il va à l'hôtellerie et se nettoie tant bien que mal à l'eau tiède du cabinet de toilette.

VÊPRES. — Assis comme d'habitude au fond de la chapelle peinte. Les volutes de l'encens, les icônes qui le regardent (il ne trouve plus qu'elles le dévisagent) les moines qui font rituellement leur métanies, il se sent étranger à tout ce rituel. Il se dit que si le ciel existe, il voudrait que frère Marcel y soit. Il a encore mal aux mains à cause du manche de la bêche et voit frère Jude qui prie avec ferveur.

Fin de l'office. Les moines quittent la chapelle. Orme les regarde : visages en paix, graves et sereins, avec encore sur les lèvres le parfum mystérieux de la prière, louanges et actions de grâces. D'où cela vient-il ? Ce Dieu qu'ils disent être tout Amour et qui jamais ne se montre. Ces âmes que personne n'a vues, tout cet invisible dont ils parlent à longueur de prière. Ce paradis qu'ils invoquent comme une terre possible, les anges, ces saints endormis dans la terre brassée par d'autres saints. Est-ce comme une foudre qui tombe et que l'on étreint dans l'instant ? Est-ce cette lumière incommunicable, cette flamme que ces hommes paraissent avoir dans les yeux ?

Repas du soir. Il est le seul hôte au milieu des moines qui prient. Il garde la tête baissée, pas de signe de croix, il ne peut pas, il ne veut pas.

NUIT. — Deux gros réverbères éclairent le hameau. Après les complies sonnera le grand silence. Il entre dans sa cellule et s'endort épuisé, dénudé par tant de questions, tant de possibles…

IV.

On frappe à la porte de sa cellule pour le faire lever. Il est plus de neuf heures. Orme quitte sa paillasse et enfile ses vêtements.

Le temps est clair. Il sort dans la cour du monastère. Frère Jude regarde une petite voiture blanche qui s'éloigne, ses parents s'en vont...

Un camion doit livrer des aliments pour les chèvres, il faudra qu'il aide à décharger les sacs. Il a faim, mais sait que le petit déjeuner du monastère (pain sec et café noir) se prend à cinq heures trente. Il faut attendre le repas, après sexte. C'est son troisième jour au monastère, cela marque-t-il une étape particulière ? Dans tous les cas, on dirait que le temps s'est amplifié. Chaque heure est pleine d'une infinité de variations, lentes volutes d'un temps neuf. Ils attendent le camion. Orme se souvient de ce que lui disait frère Marcel : — Je ne fais que commencer ma route sur le long chemin de Dieu.

Orme sait que cette mort a chassé de lui toute indifférence. Peut-être qu'ici personne ne répondra à ses questions, personne n'y accordera d'importance, mais il sait que s'il a une chance de ne pas basculer dans l'oubli, dans le banal de l'oubli, c'est en ce lieu que cette chance demeure. Le camion est allé se garer devant la chèvrerie. Il s'est mis au travail avec frère Jude et père Ralph. Cinquante sacs bien empilés dans la remise, de quoi faire manger les bêtes cet hiver. Orme est satisfait, il a fourni un nouvel effort qu'il ne se serait jamais cru capable d'accomplir.

TIERCE. — Une voiture est garée près de l'hôtellerie. Un homme est en train d'échanger quelques mots avec le père cellérier, puis il monte avec une petite valise. Probablement un nouvel hôte…

Douze heures trente, repas.

Treize heures. Chacun reste en cellule.

NONE. — Travail. Jude et Jean tentent de mettre en marche le tracteur pour l'accrocher à une remorque. Il faut aller en forêt pour ramasser du bois.

Dix-huit heures. Tout le monde est rentré pour vêpres. Un orage éclate, il a grossi dans les montagnes et le voilà qui se fracasse sur le monastère en longs éclairs.

Nuages crevés, montagnes mauves lavées.

Il regarde par la fenêtre de sa cellule.

Se sentir en cette fin de journée moins à l'étroit dans son corps. Rien de neuf dans cette petite extase. Il voit seulement mieux les choses qui existent depuis des temps immémoriaux. Non, il n'est pas exclu du monde comme il le croyait, lui aussi participe à l'immense aventure de chaque instant. Il commence à sentir sa vie à portée de main, mais peut-il saisir autre chose que ce peu de lui-même ? ce bout de chair mortifiée.

Repas du soir. Le père abbé distribue les tâches pour le lendemain. Au sortir du réfectoire, il fait frais. Le soir peint le ciel d'une étonnante gamme de bleus et de mauves, tandis que la forêt, sur le versant des monts, souligne le tout d'un épais trait noir.

— Vous attendez l'abbé ?

C'est le nouvel hôte qui lui a posé la question.

— Non.

— Moi, je dois le rencontrer demain.

L'homme jette un regard vers la clôture, puis vers la chapelle. Il semble désemparé. Orme s'en veut de sa réponse laconique.

— Comment avez-vous connu le monastère ?

— Par un moine.

— Je m'appelle Pierre Lombard.

— Julien Orme.

Puis, ils restent là, sans parler, chacun replié sur les raisons de son mystère.

Complies. — Il pleut. Lombard va vers la chapelle, Julien retourne dans sa cellule. Il est content d'avoir pu échanger quelques mots. Il se sent moins seul. À l'hôpital, c'était différent, même si les infirmières restaient réservées, elles parlaient avec les malades. Des amitiés pouvaient même exister. Personne ne restait dans le silence total, sauf le soir. Oui, le soir, lorsque l'agitation de la journée était terminée et que chacun descendait vers sa nuit, alors oui, le silence se faisait plus compact, plus lourd qu'au monastère. Ceux qui devaient être opérés le lendemain tâchaient d'oublier la peur. Les vieux malades voulaient croire encore à une prompte guérison, ceux qui allaient mourir dans la nuit et qui ne le savaient pas encore esquissaient peut-être une ultime prière... Télévisions et radios éteintes, seules les veilleuses bleues balisaient les couloirs déserts...

Ici, Orme peut aller et venir hors de la clôture, partir demain, retourner en ville ou aller marcher dans la montagne, mais il sait qu'il ne fera rien de tout cela.

Trop longtemps la maladie l'a retenu prisonnier et il ne sait que faire de cette liberté soudaine. Il entend Lombard entrer dans sa cellule.

Orme est plein de souvenirs, et puis envie de pleurer, mais ça ne change rien. Après les larmes, le monde demeure tel, inchangé, clos. Coquille pleine de questions sans réponses, inutilisables. Il ne sait rien et sans doute n'y a-t-il rien à savoir. Pourtant, à quel jeu joue le monde ? Qui peut résister à la douleur d'être ? Et lui, que ferait-il d'une quelconque révélation ? Rien sans doute, puisque jusqu'ici, il n'a rien fait de sa vie reçue par hasard. A-t-il jamais entendu une autre injonction que celle que lui a octroyée la maladie, le même ordre que donnent les forts aux faibles, l'ordre que l'on donne aux chiens et aux enfants : couché ! couché ! Surdose de réel, voilà de quoi il a souffert, surdose de médiocrité ! Comment peut-on être ainsi en attente de soi-même ? Sans rien savoir de ce que l'on va devenir, être là, comme un arbrisseau malingre et décharné qui attend le printemps, seul, perdu, retrouvé, recueilli...

Nuit obscure dans l'obscure nuit de la conscience...

La cloche sonne enfin le grand silence : ce qui reste.

Le matin est revenu, avec son coq, ses chiens, son bleu au ciel. Orme a ouvert les yeux, encore une fois vivant...

Il est descendu au cabinet de toilette pour se raser, puis à nouveau dans sa cellule pour faire son lit et prendre ses médicaments.

Il rencontre Lombard qui va faire une promenade et propose de l'accompagner...

— C'est beau cet endroit. Ici, on peut se rendre compte de la grandeur de Dieu.

Julien hausse les épaules :

— Vous avez vu le reste de la planète ?

Lombard le regarde :

— Pourquoi dites-vous ça ?

— Je pensais à l'horreur.

— Vous ne pouvez pas accuser Dieu.

— C'est lui qui a tout créé, non ?

— Nous pouvons choisir entre le bien et le mal.

— C'est quoi, le bien et le mal ?

— Vous le savez. Tous, nous le savons, c'est ce qui nous prive de la paix.

TIERCE. — Père Bertin et les autres moines sont dans la chapelle. Julien reste sous le châtaignier. Une voiture passe, loin sur la route des crêtes. Il pense à sa discussion avec Lombard. Non, il ne partage pas cette foi. Aucun espoir dans un au-delà, aucune peur de l'enfer. L'homme a créé une géhenne à sa mesure. Il ne sait qu'une chose : il est là, vivant. Tant de jours passés à se traîner entre des lits d'hôpital, voir des corps désertés par le souffle et lui maintenant, rescapé par chance, par hasard. Il a cru que la souffrance, l'ennui, c'était pour les autres, que lui s'était arrangé de tout ça, accommodé, affranchi. Faux ! Il doit réapprendre à vivre, réapprendre à regarder, Marcel avait commencé à lui montrer. Oh, il sait bien que ce n'est que partie remise, que la mort reviendra le tutoyer, mais il espère qu'à ce moment-là, il n'aura plus peur, qu'il sera prêt à vivre sa mort, accepter un jour prochain l'étroit passage. Comment font-ils les autres pour vivre avec autant d'intensité, pour courir dans la vie avec tant d'ardeur !

Il va jusqu'au réfectoire des hôtes. Grande salle dallée de tomettes, plafond bas, quelques bancs autour d'une longue table en bois. Au bout, contre le mur, un grand crucifix. Il s'assoit et reste là, pétrifié par ses doutes, seul, car même la mort n'a pas voulu de lui.

Quatrième jour au monastère. Les uns ont la prière, les autres l'amour d'une femme ou d'une famille, lui a eu Marcel, maintenant, il a l'attente. Il ne geint pas, il arrive à trouver un peu de joie en lui, encore un peu de temps et il arrivera à avancer vers un peu de lumière, un peu de chaleur pour ses os et son âme ! voilà ce qu'il veut : refaire ses forces pour être comme eux tous, pouvoir se tenir à hauteur d'homme...

Une semaine pleine qu'il gît dans le grand silence. Quelque chose en lui s'affermit, s'affirme. La volonté qu'il a de vivre... Une nuit, il a eu une éruption de boutons sur tout le corps. Au début, il a pensé aux punaises qui pouvaient se trouver dans sa paillasse, mais c'est simplement son organisme qui commence à éliminer ce qu'il a absorbé à l'hôpital. Il a décidé d'espacer la prise de ses médicaments. Peu à peu l'éruption a diminué, il s'est senti mieux...

Aujourd'hui est un matin comme un autre, sinon qu'il lui semble que la qualité du silence est plus dense, la pureté de l'air plus légère. Qu'a-t-il appris en une semaine ?

— L'attente.

Mais une certaine qualité de l'attente. Il apprend à éliminer l'angoisse, la tension, la peur inhérente à toute attente. À l'hôpital, on attend que cesse la douleur, on attend la fin d'un examen, les résultats des analyses, le passage d'une infirmière, une visite, on attend le retour de la santé, pour revenir dans le monde des vivants. Ici, l'attente c'est tout autre chose, presque un exercice spirituel. À l'hôpital le corps tout entier est convoqué, entraîné dans ces attentes, faites de tensions et de doutes, ici, rien de tout cela. Le corps est en paix, c'est l'esprit qui cherche à s'apaiser en puisant dans le silence. Pour certains la prière joue ce rôle, pour lui qui n'a pas la foi, c'est dans la contemplation des montagnes, des discussions avec Lombard. Car ici, sans rien pour s'étourdir, sans rien pour oublier, dans un face-à-face avec soi-même, l'esprit souffre. Ce n'est ni le silence aseptisé de l'hôpital, ni le gris banal des journées passées à la bibliothèque. C'est un silence attendu, entendu, ce silence qui forge l'attente. Il sent bien qu'il se passe quelque chose au cœur de cela, que l'invisible agit. Il sent que ce qui est caché a des raison de l'être. Que le bruit n'est que la partie émergée de ce qui toujours se joue au profond : guérison, conversion.

Frère Marcel :

— Le pardon des offenses est le vrai courage.

Orme n'a jamais compris d'où pouvait venir une telle confiance en la vie. Cet homme avait refusé tous les plaisirs. Soumis depuis son adolescence à une règle de fer, il avait tout accepté dans la joie de son inébranlable foi. Marcel lui disait qu'il ne fallait pas perdre du temps à endurcir son cœur...

Lombard lui a raconté qu'un après-midi, accablé de travail, il avait arrêté sa voiture entre deux rendez-vous qu'il croyait importants pour réfléchir au sens de sa vie.

C'est alors qu'il s'était aperçu qu'il était garé tout près d'une église. Il était entré et avait retrouvé une foi qui depuis ne l'avait plus quitté. None. Tout le monde est en prière, lui pèle des légumes pour la soupe du soir.

Angoisse légère mais persistante. Est-il en train de devenir autre ou bien est-il seulement à la dérive de lui-même ? S'est-il vraiment dépouillé de quelque chose, ou bien est-ce un leurre ? Qu'a-t-il à perdre ou à gagner ? Il ne s'agit même pas d'un combat. Est-il capable d'entreprendre un effort pour avancer vers ce point obscur de lui-même ?

Tout ce qui est en lui paraît être en angle mort. Dépasser tout cela sans tomber dans le vide ou le désespoir, voilà ce qu'il voudrait faire, mais il ne sait même pas le sens des mots qu'il utilise pour se penser. Il se sent comme une toupie lancée dans un réel indéchiffrable. Que veut-il devenir ? Que veut-il être ? Se peut-il qu'il vienne au jour un Julien Orme neuf ? peut-il se débarrasser des ruines de l'ancien ?

Il ne peut être dupe de ses questions. Ce qu'il veut, c'est s'éveiller au monde tel qu'il l'a aperçu une seule fois, dans une goutte d'eau de pluie qui coulait sur une vitre sale, dans la chambre où est mort le seul être qu'il aimait.

Début de sa deuxième semaine. Lombard est parti. Il reste le seul hôte. Sa sœur lui a écrit. Il lui a répondu que tout allait bien. Lecture de la vie de saint Benoît que le père cellérier lui a prêté. Il a fait connaissance d'une dame qui habite derrière l'hôtellerie, une petite maison avec des volets verts. Ils se sont d'abord salués. Un matin, Orme l'a aidée à démarrer sa voiture. Un après-midi, elle l'a invité à boire un thé. Veuve, deux enfants mariés, elle veut finir ses jours dans cette maison. Au début, elle voyait Julien aller et venir, elle pensait qu'il se destinait au noviciat. Elle lui parle de frère Marcel qu'elle connaissait un peu...

Il pleut. Les moines restent en clôture. Orme lit dans sa cellule et va de façon plus régulière aux offices. Il s'est entretenu une nouvelle fois avec l'abbé qui a pris des nouvelles de sa santé, de son moral. Lorsque les pluies cessent, Julien retourne au travail avec les moines.

Il a presque terminé sa provision de médicaments, il faudrait qu'il trouve une pharmacie et un médecin pour faire renouveler son ordonnance, mais il veut attendre encore un peu...

Pourquoi persévérer ? pourquoi veut-il marcher vers une hypothétique rencontre avec lui-même ? Il a parlé de sa maladie à Dame Rolande, un jour prochain sûrement, il sera guéri. Il retournera à Saint-Mont, reprendra son travail à la bibliothèque, trouvera une gentille fille avec qui il se mariera, aura des enfants, une vie normale…

Non, il n'arrive pas à y croire. Il ne le peut plus. Quelque chose en lui s'est déchiré, laissant apparaître un bout de son âme, et il lui semble qu'ici seulement il arrive à tenir ensemble les morceaux. Ailleurs, dans le monde, à nouveau tout se mettra en pièces et il redeviendra ce qu'il était : un puzzle fou et souffrant.

NONE. — Une femme arrivée dans l'après-midi se rend à l'office. Quarante ans environ, cheveux longs, noirs, argentés aux tempes, un visage large, un peu eurasien, aucun maquillage, mais le dessin de ses sourcils et celui de sa bouche la dispensent de ces artifices. Vêtue d'un strict chemisier noir et d'une jupe longue, elle ne porte aucun bijou. Orme entre à sa suite dans la chapelle.

Voilà qu'elle lui remet en mémoire ce qu'il croyait avoir oublié. Le désir, la femme, sa beauté chaude et caressante. Marie autrefois, son corps, leurs jeux. Il regarde la jeune femme, contemple sa beauté, il n'a pas fait vœu de chasteté, mais il est fort possible que son corps l'ait fait à sa place. À l'hôpital, il n'entretenait aucune relation ambiguë avec les infirmières, il était loin de tous ces jeux. Même s'il avait des préférences, il n'était pas question pour lui de songer à séduire. La femme se sent observée et se retourne, ils se sourient.

Orme quitte la cérémonie avant la fin et fait quelques pas vers l'hôtellerie. Il croise Dame Rolande qui revient de sa promenade, un bouquet de fleurs dans les bras. Il la complimente sur le choix des couleurs. Elle remercie et lui propose une tasse de thé.

Passant devant la voiture de la femme brune, Orme pose la main sur le capot encore tiède. Il reste trois secondes les yeux fermés, torrent d'images... Il s'éloigne, troublé.

Orme déguste son thé, Dame Rolande arrange son bouquet dans un vase. Le soleil entre à travers les rideaux de cretonne. Le buffet et les chaises patinées luisent doucement. Odeur du thé au jasmin, tasse blanche avec des fleurs bleues en liseré. Elle lui raconte que sa maison était autrefois une bergerie qui appartenait à son arrière grand-père. Il avait vu s'installer près du hameau la première communauté de moines.

Sonne la fin de l'office. Il termine de boire le thé et quitte son hôtesse. Orme n'est pas tenu strictement à la règle, mais il veut rester le plus proche possible du rythme monastique. Dame Rolande et lui mettent un point d'honneur à se voir avec discrétion. Père Bertin envoie Orme chercher le bouc à l'enclos. Lorsqu'il revient, la femme brune est partie, sa voiture n'est plus là. Il est à la fois déçu et soulagé.

Allongé sur son lit, il se souvient d'une phrase de frère Marcel : — Heureusement qu'il y a le mystère, sans lui, l'homme serait désintégré par ses propres forces, ses propres appétits.

Julien compte sur ses doigts : il y a eu le premier Orme, celui d'avant la maladie, celui qui lisait, parlait, écoutait de la musique, avait des opinions, celui-là était devenu un copain de régiment que l'on a plaisir à revoir, mais à qui l'on n'a plus grand-chose à raconter, une fois le bon vieux temps évoqué. Le deuxième, celui qu'il est devenu avec la maladie. Le troisième, dans sa rencontre avec frère Marcel, l'impression d'avoir rencontré un être d'une telle pureté que son cœur en perçoit encore l'abondante et rassurante lumière... Enfin, celui qu'il est en train de devenir, qui tente de s'éloigner de lui-même, de se mettre à bonne distance pour questionner ses angoisses...

★

Réveillé à cinq heures trente par la cloche, engourdi, il fait quelques gestes d'assouplissement, puis descend aux toilettes après s'être habillé.

Avec les moines, debout, tourné vers les icônes, prière. Puis café noir avec un peu de sucre sur un morceau de pain. Ensuite la chapelle pour l'office des mâtines, l'heure où la lumière du jour commence à triompher des ténèbres...

Il reste assis jusqu'à prime où il reçoit avec toute la communauté, la bénédiction du père abbé. Puis il retourne en cellule.

Lorsque le soleil commence à sécher la rosée, il sort sous le porche de l'hôtellerie. Souvent, un moine vient le chercher pour lui donner une besogne à faire... Premiers ballets d'hirondelles et de martinets. Dans la montagne, l'aboiement d'un chien, le bêlement d'une chèvre montant aux pâturages. Il a cru que cela ne se trouvait plus que dans les livres d'images. Ne refuse-t-il pas un bonheur simple, la joie d'exister sans questions. N'est-il fait que pour le doute et la douleur ? peut-il se défaire de la dépouille du vieil homme pour revêtir celle de l'homme nouveau ?

Une voiture grise se gare sur la place. Un homme en sort, fait quelques pas en regardant autour de lui, frotte son visage dans ses mains et boit un peu d'eau à la fontaine. Son costume noir est fripé, il semble avoir parcouru une longue route. Il aperçoit Orme et s'avance : salutations d'usage. L'homme est grand, large d'épaules, visage carré, un nez fort, des yeux gris. Il demande s'il existe un café dans le hameau.

— Vous en trouverez un à Plan-Gaillard, à trois kilomètres. Le voyageur paraît réfléchir, sort de sa poche un paquet de cigarettes qu'il tend à Orme, puis s'assoit sur les marches de l'hôtellerie.

— J'aurai besoin d'un café.

— Je peux demander aux cuisines.

L'homme regarde autour de lui :

— C'est quoi ici ?

— Un monastère.

— Ah ?

— Je vais demander pour le café.

Julien va à l'office et frappe, c'est la plus vieille femme qui lui ouvre. Il formule sa demande en dissimulant sa cigarette. Elle va au fourneau et revient avec un bol de café, une cuillère et deux sucres. Orme lutte quelques instants pour ne pas tremper ses lèvres dans le breuvage. Après la cigarette ce serait un délice. Le voyageur n'a pas bougé de place et le regarde venir avec un sourire satisfait. Il prend le bol, y plonge les sucres, mélange, puis boit en fermant les yeux. Julien détourne son regard, il ne veut pas imaginer le plaisir que prend le voyageur…

— Vous êtes moine ?

— Non.

Le voyageur regarde son bol vide. Un premier soleil dissipe la brume des montagnes.

— Si je veux rester ici, je fais comment ?

— Il faut demander au père abbé.

— C'est lui qui décide ?

— Oui.

L'homme a une moue satisfaite :

— C'est bien qu'un seul décide.

Il rend le bol, écrase sa cigarette et se lève :

— Je m'appelle Zoltec. Merci pour le café. À bientôt.

Julien ne quitte les marches de l'hôtellerie que lorsque la voiture grise est un point minuscule sur le flanc de la montagne.

Suivant les ordres de l'abbé, il a sorti le bouc Galilée, pour l'attacher dans l'enclos. Il va ramasser des tomates, épluche des aubergines et des courgettes. Ensuite, il va bavarder avec Dame Rolande qui brûle des feuilles mortes dans son jardin...

Onze heures. Sonne tierce. Un moine vient dire à Julien que l'abbé s'entretiendra avec lui après l'office.

Le père du monastère le reçoit dans sa cellule. Il fume une courte pipe en bruyère qui parfume la pièce et l'odeur monte comme un encens vers les icônes des saints protecteurs de l'orthodoxie. Sur invite de l'abbé, Orme s'installe dans un fauteuil face au pasteur qui s'enquiert de savoir comment il se porte, s'il ne ressent pas une trop grande difficulté due au silence qu'impose la règle, s'il n'a pas froid la nuit dans sa cellule. Orme dit qu'il va bien, mais qu'il devra aller acheter des médicaments aux Bastides-Franches et consulter un médecin. L'abbé lui donne l'autorisation, mais il doit être rentré pour vêpres comme le veut la règle. Orme promet. Il devra donc avertir de son absence un jour avant afin que l'abbé ne prévoit pas de lui donner un travail, ce qui risquerait, s'il ne pouvait l'accomplir, de désorganiser l'emploi du temps de la communauté. Julien affirme qu'il se conformera à la règle des hôtes. L'abbé trace sur Orme un signe de croix. L'entretien est terminé.

Il marche les mains dans les poches sur la petite route qui surplombe le monastère. Silence et silence. À s'en faire mal aux oreilles, à s'en laver le cœur. Il voulait poser des questions à l'abbé sur le bien et le mal, la mort, la résurrection, il n'a pas trouvé les mots. Il lui reste la fatigue, la grande fatigue des hommes qui marchent sous un ciel muet. Posera-t-il une question qu'un livre n'a pas posée, à laquelle un autre livre n'a pas tenté de répondre ? Il se souvient de ces fronts studieux qui venaient à la bibliothèque se pencher sur les grimoires. Ces crissements de plumes, ces millions de pages imprimées. Il ne se souvient pas de tous les livres qu'il a lus, des discussions qu'il a eues. Il ne sait rien, sinon que l'on ne peut rien apprendre d'utile hors ses propres expériences. Aucune question ne peut donner de réponse si l'on ne va pas la chercher au plus profond de soi. Bien sûr, il a lu quelques grands penseurs, leur œuvres ne disaient-elles pas cela : qu'entre question et réponse, subsiste le mystère…

En fait, il ne sait plus à quel saint se vouer. Il n'est sûrement qu'un ignorant. Seul frère Marcel a mis un peu de lumière dans ses ténèbres, il lui disait :

— Ami Julien, je ne sais rien d'autre, je n'ai rien d'autre que ma foi. J'avance à tâtons dans la nuit du monde. Cette nuit du monde formée par le péché, la souffrance, la peur. J'avance et la prière m'éclaire, ma prière pauvre et simple qui parfois éclaire mon cœur et m'ouvre les yeux sur la beauté du monde, cette beauté des autres qui étanche ma soif. C'est aussi vous Julien, mon prochain, dans lequel je vois mon Christ.

V.

Sitôt après matines, il est parti pour Plan-Gaillard. Il veut consulter un médecin et faire renouveler son ordonnance. Il se met en route alors que le jour se lève. Il a fait une liste pour acheter ce dont il a besoin. Il a pris soin de téléphoner en début de semaine pour prendre rendez-vous avec le médecin du village. Il est joyeux, content d'être en vie. Il est comme un vieux papier qui se déplie, qui s'ouvre, oubliant ses brisures. Il laisse une ferme sur sa gauche, des souvenirs de chansons l'accompagnent, des airs de colonies de vacances, des rengaines à succès, des bouts de poèmes, oui, il est vivant.

Plan-Gaillard est composé d'une cinquantaine de maisons serrées autour d'une église. Au carrefour, un calvaire se dresse. Orme se questionne : «quand cessera-t-on d'ériger à chaque croisement ce crucifié pour enfin montrer un Christ ressuscité ? Ces milliards d'images qui montrent ce Juif déchiré, lacéré par les fouets, les lances, les clous et les épines, en quoi donnent-elles aux hommes l'envie de la joie ?»

Orme entre dans le village. Un petit bar avec un plafond bas. Il s'installe à une table et commande un café. Pas loin de neuf heures. Sa marche ne l'a pas trop éprouvé. Il hume longuement sa tasse en fermant les yeux avant de la porter à ses lèvres. Depuis combien de jours n'a-t-il pas bu de vrai café ? Il se croirait installé là depuis des années. Quelques emplettes au bazar du village : un couteau à lames multiples, un pull, un cahier, un roman et une écharpe grise. Il fait un chèque. En sortant, il trouve une cabine téléphonique et décommande son rendez-vous chez le médecin. Il ne sait pas exactement pourquoi il agit ainsi, mais il ne veut plus prendre de médicaments, plus maintenant. Il se dit qu'il a probablement monté ce rendez-vous de toutes pièces pour pouvoir quitter le monastère une demi-journée. Bien sûr, il a peur de ce qu'il vient de faire (en fait il s'en croyait incapable) mais il est comme soulagé.

Il retourne au café et demande un rhum, puis il ouvre son roman, il a le temps…

Il a déjeuné d'une omelette aux morilles avec un quart de vin du pays. Cela lui a semblé un festin. Un instant, il songe à rester au village pour continuer à goûter ces saveurs. Mais il sait que c'est son séjour au monastère qui donne son prix à ces agapes, comme autrefois l'hôpital donnait tout son prix à une promenade dans le parc.

Quatorze heures lorsqu'il se met en route. Il jette dans une poubelle le roman qu'il a parcouru. Les émois d'écrivains ne peuvent plus l'intéresser. Ces histoires d'amour qui mentent, ces aventuriers de carton-pâte qui jacassent, ne disent rien qu'il ne sache déjà, histoires de dupes. Désormais, son propre chagrin, ses propres joies, ses questions lui suffisent.

Il arrive au monastère bien avant vêpres. Il a respecté la règle. Il va dans sa cellule ranger ses achats et allongé sur son lit attend l'appel. C'est un moment de mélancolie, de tristesse même. Il songe à la mort de frère Marcel.

Dans le hameau, un chien ne cesse d'aboyer. Il regrette maintenant de n'avoir pas rencontré le médecin, que gagne-t-il à faire le bravache, le matamore. Mais il se rassure, il peut toujours téléphoner au professeur Rubin. Il se sent seul, abandonné, si peu vivant parfois...

Vêpres sonnent. Orme décide d'assister à l'office.

Cérémonie : il reste assis sur le banc, près de la porte. Devant lui, quelques fidèles parmi lesquels une fille sans âge, assez forte, qui vient parfois écouter la messe. Elle traîne dans le hameau. Ils écoutent les chants de la liturgie orthodoxe qui montent en canon dans le soir et les paroles de frère Marcel chantent en lui :

— Creuser en soi jusqu'à ce que l'amour vrai jaillisse et lave de son eau claire toute la boue de nos égoïsmes.

Mais Orme se dit que le besoin d'égoïsme est impossible à rassasier.

Il se lève en même temps qu'un nouveau jour. Autrefois, dans les monastères un frère était chargé de frapper à chaque cellule pour réveiller l'ardeur des moines, on le nommait l'excitateur. Marcel a été pour Orme un excitateur exemplaire. Il fait son lit, puis descend dans la cour après s'être passé de l'eau sur le visage. Montagnes… Il a plu pendant la nuit, un vent humide passe… Silence.

Les frères sont à l'office de prime. Il est un peu plus de six heures. Il frissonne.

Dans la chapelle, l'abbé donne à ses fils et au monde la bénédiction du matin.

Père Charles vient le chercher pour aller couper du

bois. Julien se change dans la buanderie. Un pantalon de treillis, un vieux pull.

Travail dans le bois qui appartient au monastère. Le secret de chaque être tient en peu de mots et seul le silence le cimente. Le silence ou le sang, c'est selon.

Père Charles est un moine un peu ventru. Il porte une longue barbe rousse qui le fait ressembler à un corsaire. Il sourit souvent, comme s'il se racontait des histoires douces. Ils découpent à la scie un arbre mort et entassent les morceaux sous un appentis de tôle. Plus tard, ils font une pose.

— Alors Julien, vous vous plaisez parmi nous ?

— Oui père Charles. C'est dur parfois, mais ça va.

Le moine hoche la tête d'un air satisfait et tire une gourde de son sac. Douceur de l'eau fraîche…

TIERCE. — Difficile de penser avec ses seules forces, ses propres mots. Abrupte la découverte de ses faiblesses, de ses mensonges, de sa laideur. Abrupte la route du cœur. Penser fait mal, se rendre compte soudain des trafics de sa conscience, angoisse. Douleur de n'être plus tout à fait soi. Devenir lentement, tenter une remontée, s'extraire de sa gangue en laissant des bouts de soi, descendre, avancer d'un pas pour s'éloigner définitivement de ce qu'il croyait dur comme fer.

Pour lui, le ciel n'était qu'un ciel et les autres des

forteresses incompréhensibles et lointaines. La norme : une règle ! se protéger à tout prix. Il n'avait jamais prétendu être fait pour le monde, ni que le monde fut à sa taille. Toujours il a vécu dans la peur, peur des coups, peur des autres, peur d'un monde hostile et cruel. Il n'avait ni une âme assez forte, ni un cœur assez fier pour apprendre autre chose qu'un morne mais rassurant quotidien. Se dissoudre jour après jour dans la grisaille des gestes : s'oublier.

La maladie a labouré son cœur en labourant son corps. Frère Marcel a jeté la semence de sa parole, oui, la maladie a ouvert une brèche en lui, mais sa vie ne s'était pas écoulée par là. Marcel avait posé sa main sur cette brèche, ou plutôt aidé Orme à mettre sa propre main sur cette brèche pour en évaluer la largeur, pour en mesurer la teneur.

Après-midi, seul. Beau et pur silence qui entre, qui pénètre cette brèche qui s'appelle Orme. Il s'éloigne sur la route du monastère.

Il est allé avec père Charles et frère Constant chercher le bois coupé, monté sur le tracteur rouge. Effort de tout son corps, mais ardeur nouvelle dans la paix de cette humble tâche.

VÊPRES. — Dans la buanderie pour une douche froide, il se frotte au savon noir, réaction de son organisme, quelque chose persiste en lui : il est vivant, il est vivant !

Il se rince, se change et laisse à un clou son bleu de travail. Sur le banc de pierre, derrière lui, la clôture. Détendu, délassé, il sent courir dans ses veines une énergie neuve. Sa vie serait-elle la meilleure thérapie pour revivre ? Il n'en sait rien, peut-être la maison de repos sera aussi un havre de paix. Il lui faudrait un morceau d'éternité tranquille pour que ce qu'il reste de douleur devienne un souvenir. La cloche sonne la fin de l'office de vêpres...

C'est un quart d'heure avant complies que Julien l'a vu arriver en haut du hameau. Il porte un costume de toile, et un sac à dos. Orme se lève pour accueillir Zoltec qui vient avec la pointe du crépuscule.

Ensemble, ils vont chercher père Jean pour l'installation.

Dans la chapelle, Zoltec est assis près de lui dans la pénombre. Les cierges mettent des stries noires sur son visage, comme des cicatrices de théâtre.

Après la liturgie, l'abbé vient souhaiter la bienvenue

au nouvel arrivé. Puis tout le monde entre en cellule pour écouter, pour goûter le grand silence, le repos de la nuit.

Dimanche. Grande liturgie, agapes, promenades. Julien seul, toujours un peu angoissé. Au loin, la silhouette de Zoltec qui se découpe sur fond de ciel. Rien d'autre à faire que de tenter d'habiter chaque minute.

On frappe à la porte de sa cellule. Cinq heures vingt. Il s'habille sans hâte et sort. Il retrouve Zoltec. Sans mot ils se dirigent vers le réfectoire.

Debout pour le café sans sucre et le morceau de pain.

Six heures, premier office. Matines qui saluent la lumière naissante, suivies de prime et de la bénédiction du père abbé.

Au travail dans les champs à réparer les clôtures. Soleil, un peu de vent. Passe une camionnette noire qui ressemble à un gros bourdon.

Comme un chant liturgique, chaque geste pour éloigner la souffrance, la tenir (la taire), mais surtout avoir moins peur de la peur.

Treize heures. Près de la fontaine, Julien et Zoltec parlent. L'un de ses voyages, l'autre de son temps à l'hôpital. Zoltec a l'air de connaître tant de choses. Ces temps de déréliction qui ôtent un à un les mots, les gestes de l'habitude. Temps des humains aux masques arrachés par la souffrance : ceux qui se vident en gémissant, ceux que la douleur rend fous, ceux qui se suicident dans les toilettes de l'hôpital. Mais aussi des héros à jamais anonymes, des purs, des saints, dans le silence des blocs où l'humilité arrive à l'essentiel. Zoltec a l'air de savoir tout ça. Il semble l'avoir appris, mais il ne dit pas où. Il dit que les êtres peuvent se contenter de moins qu'un peu, d'un rien. Tout le reste, c'est la peur qui l'invente, la peur qui anime et alourdit chacun de ses désillusions.

Orme fait sa lessive et va l'étendre derrière le réfectoire. Père abbé travaille dans le jardin potager, des chats se lèchent sous les porches…

Allongé sur son lit, Julien s'imagine que Zoltec a pu, dans une autre vie, ailleurs, être un chef inflexible et cruel, une sorte de guerrier, de tueur. Il lui a dit :

— Longtemps je me suis préoccupé du mal. J'ai voulu savoir à quoi ça ressemblait. Ça ne ressemble à rien, c'est commun, ordinaire, c'est presque comme tout le monde. C'est parfois un ami, parfois un ennemi, il n'a que le visage qu'on lui prête, mais il n'a pas de pitié. C'est sa différence avec le bien : le mal ne connaît pas la pitié.

Réveillé dans la nuit. Sueur d'angoisse, peur soudaine de la folie, de la mort. Envie d'appeler une infirmière, de prier, de quitter le monastère pour retrouver les bruits de la ville. Il voudrait que sa chair exacerbée, exagérée, retrouve, retourne à sa place.

Entrer en paix dans sa chair, voilà ce qu'il veut. Il s'allonge sur le sol de sa cellule et reste ainsi un très long moment, les bras en croix, à attendre qu'un ange vienne le relever. Peu à peu, l'angoisse diminue, la douleur s'atténue, que lui disait frère Marcel ?

— Il y a mille façons d'escalader la montagne, mais il n'y a qu'un sommet. Dieu n'est ni un objet ni une absence.

La nuit s'achève dans le calme.

⋆

Père Jean lui donne une lettre. Sa sœur lui fait savoir qu'il n'est pas oublié, qu'elle prie pour lui.

Dans la journée, tous travaillent. Arranger le mur nord de la bergerie, récupérer des clous sur les planches. Non loin, la fille de ferme assise sur une pierre les regarde.

Avant vêpres, Julien qui a demandé à s'entretenir avec un père est adressé par l'abbé à père Jean...

Orme a peu de mots pour exprimer les transformations qu'il sent s'opérer à l'intérieur de son corps, à l'intérieur de son cœur. Bientôt, il se tait. Jean lui dit qu'il se livre en chacun de rudes combats, mais qu'il faut prier et espérer. Julien ne sait pas si prier et espérer suffisent. Il voudrait avoir la force de Zoltec, parler de cette énergie inquiétante qu'il sent émaner de lui. Quelques mots au sujet de frère Marcel et il est déjà temps de retourner au monastère pour la liturgie, carrefour de la ferveur.

Orme n'est ni tranquille ni rassuré. Humilité des lèvres, du cœur et des sens. Veut-il cela parce qu'il est sans forces et sans buts ? Ou bien commence-t-il à croire en autre chose qu'il ne veut (ne peut) accepter, qu'il ne veut (ne peut) pas encore nommer ? Est-il encore trop malade pour comprendre ce qui se passe en lui ?

Va-t-il rechuter et cette fois mourir ? Qui parle là ? ses tripes, sa tête ? quelle voix oubliée comme une cantate nouvelle monte en lui ? Un Dieu encore à venir veut-il lui faire entendre au plus secret, au lieu le plus inconnu de son cœur, un cantique nouveau ? Ou bien est-ce l'écho, le souvenir simple de la voix de frère Marcel ? Il ne sait.

Comment entrer au cœur même du visible, au cœur même du réel ? Faut-il avancer de plus en plus au profond de la douleur des questions et, arrivé là, s'y maintenir à distance même de soi... Où trouver le point d'équilibre qui fait aimer l'autre comme soi-même ? Est-ce un chant de marche pour les anges, les surhumains ?

Enfermé dans sa cellule, les couleurs délavées du jour qui baisse tachent les murs. C'est comme une sorte de stupeur, de dégoût pour lui-même qui l'envahit et l'étreint...

Est-il hanté par cela, par le remords d'être encore en vie ? Faut-il arriver au point zéro de la lâcheté pour se rebâtir, pour repartir sur les ruines d'une conscience (d'un corps) dévasté ?

Vouloir avoir l'énergie de reconquérir l'estime des autres et d'abord la sienne. Car on ne s'arrange jamais avec soi-même, on s'habitue, même si on ne se pardonne rien... Retrouver la force de revenir, de retourner vers soi, de se donner allégeance. Car ce que nous pensons de nous, il suffit parfois de le lire dans le regard de l'autre, d'un autre plus pur que nous.

Cependant nous sommes seuls à pouvoir nous absoudre, personne n'échappe à la condition d'être, d'exister.

Que doit-il faire ? que peut-il faire ? sinon demeurer sur la terre comme une poignée de sel.

De ce qui glisse entre les blancs de la journée et les gris du soir, il ne peut rien dire. La vie au monastère n'est pas dans le silence, elle est le silence...

Ils crépissent les murs de la bergerie. La fille de ferme vient plus souvent les regarder travailler. Parfois, Julien va s'entretenir avec Dame Rolande qui lui a dit qu'elle croyait aux guérisseuses et aux voyants.

Entre chaque journée, chaque geste : le silence.
Âpre musique de Dieu.

VI.

Un dieu silencieux, dont le silence même, manifeste la présence. Un dieu que tout nie et que tout implore dans le secret du cœur.

Orme dans sa cellule, médite.

Hier, ils travaillaient avec Zoltec à couper du bois, lorsque la fille de ferme est apparue... Elle s'est approchée, humant leur odeur.

Zoltec n'a rien fait pour l'éloigner, au contraire, lui aussi a paru la humer. Julien a vu s'amorcer le manège : elle, tournant autour d'eux, se rapprochant lentement... Elle s'est avancée, ils se sont regardés, elle a tendu vers lui une main précautionneuse qu'il a saisie sans un mot... Ils se sont éloignés. Orme est resté planté là, comme une bûche. Il n'a su s'il devait les retenir, ne pas laisser Zoltec...

Il s'est remis à ramasser du bois.

Plus tard, l'autre est revenu sans dire un mot, et s'est

remis au travail. La fille en haut de la colline leur a fait un grand geste, puis a disparu.

Ils sont rentrés avant vêpres. Le soir commençant était mauve, ciel et arbres.

Dieu se tient-il au milieu de la beauté ? Faut-il croire que la beauté se tient en tout lieu où l'amour demeure et l'amour peut-il partout demeurer ?

De quoi est fait l'amour ? présence de Dieu, présence des autres, présence de Dieu dans les autres ? Orme peut-il aimer un homme comme Zoltec ? Il imagine ce qui a pu se passer avec la fille de ferme. Il ne sait pas s'il est jaloux de cette liberté, ou s'il croit qu'en faisant cela, Zoltec a entaché la pureté même de l'air. Il voudrait en parler avec lui, mais il n'ose. De plus, il ne s'estime pas en avoir le droit.

Il repense à tout cela, enfermé dans sa cellule. Lui-même en attente — de quoi ?, d'un nouveau silence ?

Redoutable silence dont il ne sait s'il mène à Dieu ou à son propre vide.

Pouvoir nager dans les eaux lustrales, les eaux de ses larmes. Faut-il toujours pardonner à tous ? Frère Marcel aurait dit : oui !

Le voilà éperdu de questions sans réponses. (Est-ce seulement la vie qui d'une heure à l'autre, d'un jour à l'autre donne les réponses nécessaires ?)

A-t-il peu à peu, égaré, brûlé les formules de vie que lui a données Marcel ?

Maintenant, le voilà revenu à la limite de lui-même, au plus bas dans son ancienne peur d'être, d'exister. Il s'en veut de n'avoir pas parlé à Zoltec de ce qui l'a troublé. Et sa culpabilité remonte en lui avec la peur, étouffant de sa boue l'estuaire de son cœur. Tout est trop loin pour être atteint : santé, connaissance, amour, force, foi. Il n'a rien, il n'est rien ! Un torchon accroché à un clou dans un monastère de montagne, un mangeur de brume, un cardeur d'éphémère. Il regarde ce peu qu'il est, ce qui lui reste prête à sourire : ni mort ni vivant. Il ne savait pas que ça pouvait être ça la vie, cette souffrance, ce vide obscur, un réduit sale et encombré par les souvenirs qui pullulent comme des rats… Comment a-t-il pu se mentir à lui-même ? se leurrer à lire tant de livres qui parlaient de la vie, lui qui ne vivait pas la sienne au fond de sa douillette médiocrité, dans sa soue d'insouciance. Le voilà seul, déchiré dans l'angoisse de la nuit qui vient…

Il s'est déshabillé et nu sur le plancher, pour la première fois, il demande, il implore ce Dieu inconnu de le prendre en pitié, d'apaiser en lui l'endroit de sa peur, le lieu de sa douleur, car en vérité ce n'est pas mourir qu'il désire mais vivre…

Enveloppé dans une couverture, il regarde monter le jour. La nuit durant, l'angoisse l'a étreint. Sac de chair et de nerfs, en proie au doute, à la peur de perdre à jamais pied dans le réel, devenir fou, descendre en enfer pour ne plus remonter, déchiré à jamais par de sourds grondements, des cris, des rires noirs. Partout autour de lui, en lui, le sang de l'abandon. Impossible de parler, d'appeler, emporté par un torrent d'images mutilées, nageant à contre-courant, l'intérieur lacéré par la peur. Nuit terrible où il a mieux compris la sueur et le sang au jardin des Oliviers.

Lueurs d'un nouveau jour qui dissipe sa douloureuse nuit. La cloche appelle à l'office de prime. Péniblement, il s'habille et s'avance vers la chapelle. Il est écorché et souffrant, mais différent aussi. Changé ? Neuf, il ne l'est pas encore, quelque chose en lui résiste, se bat, ne veut pas céder. L'ego ? poche de souffrance qu'il ne veut ni ne peut oublier ? Repli d'orgueil ? Il ne sait. Ce qu'il peut dire seulement pendant qu'il monte vers la prière, c'est qu'un faible appel retentit au fond de lui :

— Seigneur, si tu existes, fais que j'entre dans ta lumière.

DIMANCHE. — Orme assis sur la margelle du puits regarde vers les collines, Zoltec, plus loin, taille un morceau de bois. Rien de notable n'est venu distraire le temps du monastère. Ils ont vu Dame Rolande qui s'occupait de son jardin. Quelques visiteurs venus de loin pour acheter des icônes et voir la chapelle.

Le monastère possède une vigne sur le coteau, demain tous y seront. Orme est joyeux à cette pensée.

À cause de la vendange, l'horaire monastique a été un peu modifié.

Sept heures trente, tous les moines, Jean, Bertin, Ralph, Jude, Constant, Paul, précédé par l'archimandrite Nicolas, Zoltec et Orme fermant la marche, sont entrés dans la vigne. Tous en bleus de travail et en bottes, sécateur et seau à vendange dans la main.

Chacun devant une rangée de ceps. Feuilles humides d'une nuit parfumée. Doucement, les raisins noirs miroitent au premier soleil.

Père abbé prononce une bénédiction et le travail commence. Père Ralph a monté une grande pastière en bois sur la plate-forme du tracteur. Le raisin sera pressé dans les cuves du village et deviendra un petit vin fruité que les moines vendront aux restaurants de la région.

Travail en silence, temps d'arrière-saison. Julien sent monter en lui une sève nouvelle, il avance dans sa rangée, oubliant un peu ses angoisses.

Le beau raisin s'entasse, on en picore quelques grains au passage. À onze heures, l'abbé fait signe de cesser le travail. Tous rangent leurs sécateurs. Père Nicolas entonne un chant d'action de grâce que les moines reprennent en chœur.

C'est tierce, chanté dans les vignes du seigneur.

Le labeur a repris. Les hommes avancent, courbés dans leur rangée. Parfois l'abbé entonne un psaume repris par les frères. Orme n'est pas surpris lorsque, lui aussi, se met à chanter…

Douze heures trente. La communauté cesse le travail : repas.

Après le bénédicité, tous s'installent autour d'une nappe posée à même l'herbe. Père Bertin a monté une collation composée de pain, de fromage, d'œufs et de salade. Pendant le repas, un peu de vin est servi. Les moines ont le droit d'échanger quelques mots, chacun s'exprime lorsque l'autre s'est tu, leurs propos sont simples et brefs. Orme se rappelle les discussions à la ville, les caquetages qui ne disent que le mensonge, l'astuce, le contentement de soi. Le monde comme une rocaille de mots durs qui roulent sur la chair de la langue, des mots pour faire saigner le temps.

Ora et labora : prie et travaille, comme le recommande Benoît dans sa règle. Un chant paraît s'élever de la vigne vers les montagnes et au-delà, vers le bleu du ciel, le manteau de la vierge…

Chant de louange qui monte de la main des hommes. Harmonie d'un temps où les heures ne sont pas comptées selon l'horaire agacé d'un monde en proie à sa dissipation, mais sur l'horloge réelle du respir, sur l'horloge spirituelle d'une vibration continue, celle de la philocalie, de la petite prière du cœur, celle de la tension vers l'invisible, l'Omniprésent...

Orme songe à tout cela dans sa rangée. Il fait attention de ne pas se blesser avec son sécateur. Le raisin abonde dans la pastière et père Ralph doit faire plusieurs voyages vers le monastère pour la vider. Lorsque sonne vêpres, la vigne est vendangée.

Julien suit l'office. Il a eu l'autorisation de prendre une douche chaude dans la clôture. Il s'est rasé, a mis des vêtements propres. Il écoute les litanies, regarde les mouvements des moines devant l'iconostase, leurs métanies. Il se sent apaisé par cette beauté.

Attente du repas sur le banc de pierre. Les événements d'une vie sont parfois d'une telle complexité que l'on peut se refuser à les voir autrement que comme des fictions, des jeux de hasard. Zoltec apparaît à l'entrée du hameau. Il avance, lourd, comme ivre ou égaré et vient s'asseoir sur le banc, un sourire de carnage à la commissure des lèvres. Il sent la sueur et la chair...

Père Jean s'approche de Zoltec :

— Si vous le voulez, nous nous verrons demain.

Une fois le moine éloigné, Zoltec regarde Orme :

— Tu as parlé ?

— De quoi ?

L'autre dissimule mal un rictus sous son sourire :

— Ça vaut mieux.

Repas. Orme mange lentement, bouleversé. Cette belle journée de vendange s'est terminée par le visage haineux de Zoltec. Même ici, le ressentiment, la méfiance, la colère peuvent tenir ? Mais que croit-il ? qu'il existe un endroit du monde où bien et mal ne se livrent pas une lutte acharnée, la même qui se livre à chaque heure, dans tout être humain.

Maintenant, il marche sur la route au-dessus du réfectoire des hôtes. Il cherche à apaiser les doutes qui naissent en lui. Comme il voudrait ne plus avoir peur, ne plus redouter ce qui peut venir, ce qui vient. Sa vie est-elle déterminée par ce qu'il a vécu, par ce qu'il croit savoir ? Est-il capable d'accomplir dans le faisceau de ses apprentissages une prise de conscience en s'appuyant sur ses doutes, ses ratures, mais aussi sur le peu qu'il espère ? Tout est tellement entouré de mystère. Sur lui-même déjà, il sait si peu…

Des pas derrière lui, c'est Zoltec.

— Il ne faut pas m'en vouloir.
— Tu perturbes ma paix !
— Ta paix Orme ? mais tu n'es pas en paix !
— Qui te fait juge ?
— Toi, qui te crois mon gardien.
— Nous ne devrions pas nous parler Zoltec, garder le silence, comme le veut la règle.
— Laisse faire, ici c'est le silence qui nous garde et n'oublie pas que nous ne sommes pas moines.
— J'ai parfois l'impression que nous faisons un rêve. Cette réalité à laquelle nous tenons, c'est de la brume qui ne se dissipera qu'au moment de la mort.
— Peut-être que rien ne se dissipe au moment de la mort, c'est seulement un autre rêve qui commence...

Ils marchent et parlent. Orme écoute Zoltec comme l'on entend un griot chanter une épopée. Tour à tour ravi et apeuré, séduit et méfiant. Qui est-il ? qu'a-t-il fait ? Que valent les hommes comme lui qui paraissent ne pas connaître la peur, ni le repentir ? Est-ce un aventurier d'autrefois venu se cacher à la suite d'un forfait, d'un malheur ? a-t-il un secret à défendre, une vie à protéger ? Que fait-il avec la fille de ferme ?
— La race des héros est éteinte, maintenant, il n'y aura plus que des bourreaux anonymes et des victimes consentantes. Bientôt le martyr même sera devenu

banal avant que d'être périmé ou primé à la télévision. C'est ce que dit Zoltec. Orme ne sait que lui répondre en cette nuit qui tombe sur le monde.

Du monastère pourtant, une lumière s'est levée, pour venir un soir dans la chambre obscure d'un hôpital. Là, un homme mourant, simple et dépouillé y prononçait des paroles de clarté, des mots qui ont posé une braise dans la lampe d'un cœur dur. Cette braise peut brûler à d'autres lampes, flamme bientôt reconnue, entretenue, étoile…

Mais il sent la force sombre de Zoltec, son expérience de la colère, sa connaissance de la peur, son intelligence de la vengeance. Il lui a dit : «un vrai travail criminel peut venir à bout de bien des patiences, de bien des résistances.» Cet homme a peut-être tué et vu mourir. Orme aussi a voulu perdre la vie mais l'amour la lui a gardée. Zoltec, il semble que ce soit la haine qui la lui ait gardée.

La cloche du monastère appelle au grand silence. D'un commun accord, ils se taisent et retournent vers l'ermitage.

Dans la nuit, il semble que l'air fleure à nouveau la lourde odeur des raisins, comme un peu de paix revenue. La lourdeur noire et musquée de la vendange, comme un peu de paix retrouvée.

Paix d'un bref moment où l'on n'est plus agité par les battements de son cœur — silence plein.

Cette réalité palpable sur laquelle Julien médite : bruit du cœur, si éloigné du bruit des lèvres. L'endroit secret où l'on peut comprendre la percée de lumière, le désir de lumière dans la percée du cœur. Humblement, il veut entretenir cette lueur, entretenir cette lampe du cœur dont la flamme vacille dans sa souffrance, dans ses questions. L'huile à laquelle elle s'alimente est faite de sa propre chair, de ses larmes.

Il fait parfois un dur effort pour rejoindre sa cellule, pour entrer dans ce qui lui paraît à certains moments comme une tombe. Comme un champs clos où vont s'agiter ses fantômes, où il sera lacéré par ses angoisses. À ces moments, il comprend encore et encore à l'intime de sa chair les paroles de l'évangile. Lui, indigne aujourd'hui d'une rencontre nouvelle, lui qui sait dans la grotte de son cœur ce que fut sa rencontre avec frère Marcel (cette interrogation entreprise avec lui, à cause de lui) veut entretenir ce vacillement lumineux, ce visage de saint, peint au sein même de leurs nuits à l'hôpital...

Souffle de vie, persistance d'une foi en un ailleurs, un au-delà qu'il ne peut nommer, impalpable, mais qu'il sait être présent. Les mots de frère Marcel en étaient l'incarnation. Le mensonge jamais n'a souillé ce dire, sinon il sait qu'aujourd'hui, il serait mort à toute vie...

— Ami Julien détrompez-vous, être moine ce n'est pas vivre perpétuellement en vacances, le seigneur est un patron exigeant.

Orme sourit à ce souvenir...

Centre de la nuit. Il s'éveille, un bruit, un chien qui aboie, un être qui crie ? Comment ne pas redouter certaines présences, certaines puissances ?

Il frissonne et tire sur lui sa maigre couverture. Dehors, c'est la nuit mystérieuse et sacrée.

VII.

Ce matin, un nouveau venu au monastère, assez jeune, grand et brun. L'abbé lui a donné une cellule.

Au travail pour finir de maçonner la nouvelle bergerie et poser le toit. Frère Charles, Paul le novice, plus un maçon couvreur venu des Bastides. Il faut faire diligence car les grandes pluies d'automne sont proches.

Ils travaillent sans hâte, mais sans rechigner à l'ouvrage. Le robuste maçon est plus silencieux qu'un moine. Il prend ses repas avec la communauté. Il a seulement dans sa musette une fiole de vin entourée d'un écrin de paille. Il n'en propose à personne. Seul Zoltec lui en demande une rasade vers la fin de l'après-midi.

Après vêpres, Orme échange quelques mots avec le nouvel arrivant : Cyprien termine un travail universitaire sur l'art de l'icône. Il a vingt-huit ans. Ils se quittent en silence à l'heure des complies.

Dans la chapelle : il écoute les chants de la liturgie. Accepter de n'être rien d'autre que cela, un chant, une prière d'intercession. Se débarrasser de toute colère, de tout jugement de valeurs, quitter ces peurs qui font crier «moi je !».

Mais cet évangile ? Une parole humaine ? ou bien un surhomme venu dans le dénuement parler à la misère des hommes ?

Il ne sait. Il faudrait sûrement apprendre, lire des livres, vouloir qu'un ciel plein de doute s'emplisse de certitudes. Il ne peut rien à sa condition de déchiré, de déterré. Rien, sinon questionner sa propre ignorance. Il ne connaît que la nuit et quelques lueurs. Qui donc lui enseignera le jour ?

Que faire de tout ce temps qui reste à moudre ? entreprendre une vaste fresque qui dira sa vie de petit homme ? facile, une mesure d'orgueil, une mesure de minables secrets, une mesure d'indifférence et une de mépris. La haine est bien trop difficile, bien trop haute pour qu'il y accède. Il faut un tempérament, une audace de champion.

S'accorder, ainsi qu'aux autres, le poids du pêché, de la faute, ainsi viendra le pardon des offenses.

— Ce qu'il y a de plus fort en nous mesure ce qu'il reste de faible et nous toise au plus juste.

C'est Zoltec qui dit cela…

Quatre heures du matin. Bientôt les moines vont se réveiller et prier pour la paix du monde, pour frère Marcel, pour Zoltec et pour lui.

Dans la grange pour rentrer une coupe de luzerne, avec Zoltec et Cyprien, sous la conduite de frère Constant.

Dans l'encadrement de l'entrée, à contre-jour, apparaît la fille de ferme, vêtue d'une longue robe verte, elle porte un sac noir en bandoulière. Une robe de fiançailles pense Orme.

Elle reste là, à les regarder travailler. Soudain elle pousse un cri strident, comme un appel. Zoltec s'appuie sur sa fourche et la regarde, personne d'autre n'a cessé le travail. Il fait un geste et la fille disparaît. La scène n'a duré que quelques minutes…

Que demande l'homme au ciel ? sinon de vivre en paix, uni, réconcilié avec ses profondeurs. Là, réside la fortune.

Tout le mal vient du conflit qui s'érige entre l'homme et le monde, entre l'homme et lui-même.

Après le repas de midi, ciel couvert, gris et blanc. Zoltec et Orme fument une cigarette à l'abri, sous l'auvent du réfectoire des hôtes.

Il pleut, un moine (frère Jude) passe s'abriter. Orme se dit qu'avec un effort, il pourrait entamer un vrai dialogue, avec lui-même d'abord, puis avec les autres ensuite. Et qui sait s'il n'arriverait pas à atteindre une parole vraie. D'un ciel en creux viendrait une réponse à laquelle enfin il croirait, qui le ferait croître. Avec frère Marcel, il osait parler ouvert, sans peur d'errer dans ses outrances. Il savait que rien ne lui serait reproché. Marcel connaissait mieux que personne ce qu'il y avait de bon en lui.

Comment savoir si l'on est sur le chemin de la guérison ou en route vers un plus grand mal.

La pluie s'accroît.

En cellule avant none. Il ouvre sa bible, mais n'arrive pas à se concentrer sur sa lecture. C'est comme une plainte lancinante qui revient : à croire qu'il n'est pas tout à fait guéri. C'est comme si sa maladie s'était transformée en autre chose, un remords d'être là, vivant, seul à attendre ce qui vient en silence, l'ordinaire de ce qui vient, de ce rien qui doit venir, fait d'un chuintement, d'un grésillement d'insecte et qui n'est ni vide, ni néant, ni incertitude : l'ombre portée d'un silence, d'un mystère. Parfois, il croit que cela vient, que cela croît, que cela effacera sa peur, que cela l'oindra de patience et de charité. Attendre ce qui peut atténuer la souffrance d'attendre, d'espérer.

Souffrance d'une solitude, d'un espoir qui se sait précaire. Tout cela enfin est supportable, il lui suffirait pour aller mieux de pouvoir franchir, les seules et simples limites de sa peur pour entrer dans plus de réel. La vérité qu'il cherche sera-t-elle pour lui un linceul ou un habit de lumière ?

La fin de none vient de sonner. Le travail le réclame.

Travail de ses mains, travail purificateur qui l'empêche de trop penser, qui l'aide à vider de sa tête le trop plein de son cœur.

Il faut débroussailler aux alentours du monastère. Le projet est de pouvoir agrandir la partie de l'hôtellerie, afin d'y recevoir plus de fidèles lors des grandes fêtes.

Julien fait équipe avec Cyprien. Ils arrachent les mauvaises herbes, les ronces, les racines... s'envolent des insectes coloriés qui ont fait là leurs nids. Orme songe à la parabole de l'ivraie. Après une heure de travail, ils font une pause. Cyprien lui parle de l'histoire des icônes.

Lui aussi aurait bien aimé faire des études sur un sujet qui l'aurait passionné. Mais rien, jamais, ne l'a passionné.

… Non… Il ne voit rien. Il n'a même pas cherché à passer un diplôme de bibliothécaire. Vraiment, non pas un homme, mais un insecte sur la figure du monde. Marcel seul, s'est intéressé à lui. À part Marie qu'il pense avoir un peu aimé. (et encore, il n'est plus très sûr de ce qu'il a aimé chez Marie : son corps, sa tendresse ? aimait-il lui faire plaisir ou se faisait-il seulement plaisir à travers elle ?). Non, s'il y regarde de près, s'il regarde maintenant avec ce peu qu'il sait, ce peu qu'il a appris à l'hôpital, Orme n'a jamais aimé personne et surtout pas lui-même. Il n'est pas sûr que ce qu'il ressentait pour Marcel puisse se dire de l'amour. Le moine était souvent pour lui comme un médicament salutaire, mais il a détesté à certains moments cette paix intérieure, ce trésor qu'il sentait enraciné au plus profond du cœur de cet homme. Il découvrait avec ahurissement que ça pouvait exister, que ce qu'il avait lu, entendu sans jamais y croire, se tenait là, devant lui, un saint, un homme enfin ! Longtemps il avait eu du mal à l'accepter, cherchant la faille, le défaut, la faute. Nul besoin de chercher. Jamais Marcel n'avait prétendu à la sainteté, à la pureté, cela le faisait sourire. Il se disait bien au contraire peu digne de sa robe de bure.

Sa vocation avait été un appel secret, irrésistible :

— Je ne suis qu'un pauvre homme qui cherche Dieu.

Cet aveu, loin de l'abaisser aux yeux de Julien, le grandissait, le rendait plus simple, plus pur, plus proche de tous : malades, bien-portants, médecins. Combien de fois Marcel l'avait-il apaisé, alors que lui, souffrant, se répandait en invectives sur tel ou tel aspect de l'hôpital. Oui, tout compte fait, il était très possible que Julien n'ait aimé qu'un seul être au monde.

VÊPRES. — Orme va saluer Dame Rolande dans sa petite maison. Elle lui offre une tasse de thé et des gâteaux secs. Elle a passé quelques jours en ville pour soigner une amie. Ce n'était rien de grave.

COMPLIES. — Les cierges brûlent devant l'iconostase. Cyprien est profondément incliné pendant les bénédictions. Il paraît parler aux icônes qui le regardent lorsqu'il se redresse après les métanies. Prière qui sanctifie la prière du soir... Le père Jean dit à Julien que s'il le désire, ils pourront, lundi, avoir un entretien. Orme acquiesce et regagne sa cellule.

Il s'interroge (qui interroge en lui ?). Est-ce seulement la crasse de sa vie qui lui permet de rester debout ? Quoi ? étouffer dans la boue de son cœur, à l'extrême bout, à l'extrême bord de son âme ? Et là, en silence, un Dieu pourrait-il venir ? Pourquoi alors, l'immense peur est-elle au travail dans la foi même ? peur de la mort, peur d'un Dieu vengeur qui terrifie par son silence. Silence pesant aux humains pleins d'amères larmes, chants éraillés qui réclament une paix qui vient si peu dans un monde ivre de son propre sang. Et le doute étrangle la prière qui pourtant continue de couler dans les veines du monde comme une source nouvelle…

Non, il ne sait pas ce qu'il faut croire et pourquoi. Il a vu tant de corps se dégrader, tant de gens qui avaient si peu pêché, souffrir et mourir dans l'indescriptible peur du néant de Dieu, l'esprit obscurci par l'angoisse, dans l'odeur fade de la sanie. Les corps sont-ils trop jeunes pour porter nos vieilles âmes ou bien les corps trop vieux ne peuvent-ils garder trop longtemps des âmes d'enfants ? Mais voilà qu'il s'embrouille, lui qui ne sait rien…

Comme une icône le frêle visage de Marcel lui revient. Ces silences pleins de sourires, cette foi totale en son Dieu fait homme, donnant sa vie pour d'immondes fripouilles repenties juste à l'heure de la grande peur, du grand passage, lorsque la conscience pèse sur l'âme de tout son poids et que la viande exténuée rend les armes. Tout cela est-il à jamais couvert par le voile du mystère ? Mystère de la douleur et de la joie, agonie de la raison dans le dur silence de la foi. Veut-il se sauver ? veut-il semer ce qu'il y a de meilleur en lui (sait-il ce qu'il y a de meilleur en lui ?). Il n'est pas né à lui-même, voilà qu'il cherche encore son lieu de naissance, d'ouverture, il veut naître à un sens, naissance réelle au dedans du cœur. Qui donc l'accouchera à la véritable lumière ?

DIMANCHE. — Beau temps sur les montagnes. Pas de labeur le jour de la grande liturgie. Dans son homélie, le père abbé recommande la prière dans les épreuves. Il parle de tolérance et d'amour du prochain. Bénédiction de la foule...

Le repas est pris dans le réfectoire des hôtes. Salade, omelette, fromage, fruits. Orme passe la journée à se promener seul. Avant none, il va sur la tombe de frère Marcel, puis dans sa cellule pour écrire une lettre à sa sœur et une autre à Marie. Il lui semble que pour la première fois, il lui parle d'amour.

Père Jean vient le trouver alors qu'il termine de peler des pommes de terre. C'est lundi, le dernier de septembre, cela fait presque un mois qu'il est au monastère. Ils marchent un moment en silence, hors l'enceinte. Puis, le moine demande à Orme si tout va bien…

— C'est-à-dire mon père… Zoltec m'inquiète.

— Que voulez-vous dire ?

— Vous ne remarquez rien ?

Le moine paraît réfléchir un long temps :

— Bien des êtres arrivent ici agités, en proie au pêché, c'est la providence qui les guide jusqu'à nos murs, jusqu'à la croix. Nous prions pour eux, quels qu'ils soient.

— Même s'ils font le mal ?

— Oui. Nous prions et jeûnons pour que le Christ leur apporte la paix. Nous devons nous garder de juger. Dieu sait qui il nous envoie. Il ne faut pas avoir peur. À l'abri de la croix, armés de la prière, nous espérons en celui qui sait tout.

— Alors, il ne faut pas faire du mal au mal ?

— Ce serait un pêché, car nous serons mesurés à l'aune où nous mesurons. Le monastère est au centre de la croix, un carrefour du monde, tous peuvent s'y trouver, s'y retrouver. Je prierai pour lui et pour vous. Ne craignez rien. Je vous vois vivre ici depuis quelques temps et j'ai de l'affection pour vous. Vous cherchez, vous questionnez votre cœur, je sens cela, frère Marcel a semé dans une bonne terre.

— Peut-être mon père, mais parfois, je ne sais plus qui je suis, je m'angoisse et je souffre, je n'ai pas la foi pour me soutenir, m'apaiser...

— Que vous aurait dit frère Marcel à ma place ?

— Je ne sais pas. Un jour, j'avais très peur d'un examen que je devais subir à l'hôpital, je lui avais confié mon angoisse et après m'avoir rassuré, il m'avait dit :

— Il faut endurer dans la joie pour durer dans la paix.

Père Jean sourit :

— Que Dieu vous bénisse.

Fin de la journée. Il est allé rendre visite à Dame Rolande qui lui a offert une tranche de cake et un café. C'est l'heure où l'odeur seule d'un tel breuvage peut faire venir des larmes. Il la questionne sur la fille de ferme. Elle ne sait pas grand-chose : Nina, c'est ainsi qu'on l'appelle, est une enfant de l'Assistance publique, placée dans la ferme des Agençons sur le plateau. Pour Dame Rolande, ce n'est qu'une pauvresse un peu folle mais inoffensive. Julien termine son café, la cloche sonne pour les vêpres.

Grand silence du soir, Cyprien lui a écrit un mot :

«Chaque homme a sa blessure secrète sans laquelle il

ne pourrait vivre. Cette blessure d'où suinte parfois du sang, parfois du pus, souvent des larmes, est une fenêtre ouverte sur la douleur du monde, sur la beauté du monde. C'est par cette blessure que l'âme sortira le moment venu. C'est cette blessure qui respire, qui geint et qui parfois sourit. C'est cette blessure qui appelle et qui parfois chante. C'est la douleur de cette blessure qui nous tient en éveil, c'est son apaisement qui nous fait espérer : indispensable blessure d'être au monde.»

Il a trouvé ce message glissé sous la porte de sa cellule.

Non, Julien n'est pas seul, n'est pas abandonné de tous. Les rares paroles qui naissent ici, portent des fruits. Orme sait qu'il avance sur le chemin d'une plus grande compréhension des autres et de lui-même.

★

Depuis deux jours, Julien travaille en compagnie de Cyprien. Ils parlent peu, mais ce que lui dit l'étudiant est toujours riche d'enseignements. Le soir, Orme lit Jean de La Croix ou sa bible. Parfois, il sent la paix s'installer en lui, comme une chance nouvelle. Doit-il choisir d'attendre ? La providence, si elle existe, saurat-elle le guider vers la prière ? mais qui prier, pourquoi ? Doit-il marcher en aveugle guidé par le seul souvenir de frère Marcel ? sait-il, peut-il prier ?

— Que l'attitude de tous les instants soit une prière de tous les instants. Prier doit appeler tout le corps à la prière, c'est aussi ça, être vivant en Christ.

Voilà ce que lui disait frère Marcel.

Ils réparent le poulailler. Un renard est venu y faire des ravages, mais les moines ne veulent pas encore placer un piège. Il faut défaire l'ancien grillage et en poser un plus solide.

Onze heures. Tierce, liturgie suivie de sexte. Ils retournent ensuite au travail.

Pour attendre none, il est dans sa cellule. Le peu qu'il apprend ici le change, le transforme. Il ne sait pas encore ce qu'il en fera, mais il reçoit tout cela comme une offrande. Allons, tout ne lui a pas été refusé et de ce qui reste, de ce peu qui demeure, il veut faire son miel...

Septembre se termine. Julien va bien. Il ne prend plus de médicaments. Il veut peu à peu croire à un possible avènement : patience de l'amour, sagesse de l'amour, force de l'amour. Traverser ce mystère, puis, ce mystère traversé, accueillir l'autre comme un don paisible, un don possible.

L'épure (se dit-il) doit se faire dans les profondeurs de la chair (cela, il croit l'avoir vécu) puis, dans les abysses du cœur. Cœur durci par le doute, entamé par la souffrance, percé (bercé) par les larmes. Marqué qu'il est par le souvenir très présent de la mort, il croit, il espère néanmoins à un ordre du grand repos. Cependant, il voudrait avoir la force de se préparer à un grand repas. Au-delà de sa nuit, il doit bien exister quelque chose qui l'empêchera de désespérer : un dieu possible, un ange, un rayon de soleil contre le coin d'une icône, une goutte de pluie sur les lèvres, de tout cela, qui en lui espère un moment meilleur.

★

Dans le silence du cœur, au cœur d'un vrai silence.

Silence des sens, silence des lèvres, tout dans le solitaire désire la paix, aspire à la paix.

C'est dimanche. None, dernière des petites heures. Orme marche sur la route qui mène au bourg. Il ne sait pas trop où il va. Il aimerait boire un café, peut-être accompagné d'un sucre trempé dans un peu de cognac. Hier, il a vu Marcel en rêve. Tout ce que le moine pouvait lui donner, il le lui a donné. Maintenant, Julien le sent bien, c'est à lui de faire le reste du chemin. Que fera-t-il de cette vie nouvelle, de cette chaleur, de tout cet amour ? À qui donner cela ? lui qui était presque mort, quel sens donner à sa vie, vers où aller ? (Où, sinon vers lui-même et de là, vers les autres…)

D'un chemin creux arrive Zoltec.

— Où vas-tu ?

— Au bourg, j'ai envie d'un café.

— Je t'accompagne, tu permets ?

— Tu n'as pas besoin de ma permission.

— Tu ne m'aimes pas Orme.

— Ce n'est pas ça, il y a quelque chose en toi…

Zoltec hausse les épaules et sort une cigarette :

— Il y a des pays où, à douze ans, un gamin qui n'est pas un tueur sera un tué, où des prostituées à peine plus âgées règlent leurs comptes avec un rasoir, et moi, je te fais peur ?

— Oui, je ne sais pas ce que tu fais ici, ce que tu veux.

— Tu te poses trop de questions, à force de réfléchir à ce que tu ne sais pas, tu vas oublier ce que tu sais.

Ils marchent. Julien prend plaisir à l'air de la montagne qui lui met un sang neuf dans les poumons. Oui, rien que pour le miracle de l'heure, il devrait exulter. Il lui faut donc revenir de si loin pour connaître la joie ? Quelque chose en lui voudrait être délié d'un dernier nœud, d'un tourment, peut-être celui de ne pas croire intégralement à ce que lui a appris Marcel, de ne pas accepter totalement cet héritage. Est-ce pour lui d'un poids trop lourd ? L'amour est-il plus difficile à porter que les fautes ?

La fumée de leur cigarette fait un petit panache bleu à contre ciel. Au bourg, il y a un café ouvert. Un homme derrière le comptoir, dans le fond, quelques vieux jouent aux cartes. Julien commande deux cafés, Zoltec deux cognacs...

Ils parlent de ce dont parlent les êtres depuis toujours.

Zoltec :

— Nous sommes seuls. Une fois nos instincts assouvis, vient la morale, la peur du châtiment. Croire est un luxe ou un mirage. À ceux qui savent, il ne reste que la lame de la lucidité.

— Les larmes de la lucidité ?

Ils s'amusent et, dans cette joute, l'alcool les conforte.

— Je est un autre enfoui dans la mémoire de ses fautes. Nous pensons toujours que le mieux reste à faire, que le mieux peut venir, leurres, ce qui reste à venir, c'est le pire, parfois.

Ils terminent de boire. Le bistro regarde à la dérobée ces deux paroissiens.

Ils rentrent...

Au deuxième carrefour, elle est là. Assise sur une borne, dans une robe déchirée sur le devant, les genoux repliés sous le menton, elle joue comme une enfant, avec des joncs qu'elle tresse en couronne. Elle les regarde arriver et crie quelque chose à Zoltec. Ce dernier poursuit sa route et demande à Orme de ne pas la regarder. Mais Julien s'arrête et observe Nina comme s'il la découvrait...

Elle esquisse un sourire, se lève, fait un pas, indécise. Zoltec s'est lui aussi approché :

— Elle te plaît ? Tu la veux ?

La fille s'avance vers eux. Zoltec soudain bloque Orme comme dans un étau et demande à Nina de l'embrasser. Julien se débat, elle s'accroche à ses épaules et lui passe sa langue pleine de salive sur le visage. Orme pousse un cri et dans un effort arrive à repousser Zoltec qui perd l'équilibre et tombe à la renverse. Julien s'enfuit en criant de peur et de dégoût...

Lorsqu'il se retourne, Zoltec gît à terre. Nina le regarde bouleversée. Orme se rapproche. Il semble qu'en tombant sa tête ait heurté une pierre.

Nina est partie par la montagne chercher du secours, elle connaît les sentiers.

Lui, garde le blessé…

Père Bertin arrive au volant de la voiture du monastère. Il ausculte Zoltec, fracture du crâne, il faut une ambulance.

Zoltec est évacué vers l'hôpital des Bastides-Franches…

Complies. — Au repas du soir, la place de Zoltec vide donne à Julien l'impression d'être coupable de l'accident. La quiétude des moines paraît cependant intacte. Quant à lui, il se sent aussi comme délivré d'un poids, il a l'impression d'avoir franchi une épreuve. N'a-t-il pas désiré Nina quelques secondes ? Zoltec ne l'a-t-il pas senti ? Il lui avait dit de passer son chemin, de ne pas la regarder ! A-t-il voulu lui donner une leçon ? lui montrer que son humilité n'était que l'orgueil d'un faible, grimé qu'il est par ses peurs ! Il a été touché dans sa partie la plus friable. Zoltec l'a durement renvoyé à lui-même, à cette part qu'il craint tant de regarder. Ce mal qui est en lui et qui a sans doute provoqué sa maladie. Il veut guérir de tout cela. Il connaît le remède, le dictame. Son cœur sait qu'il ne lui reste qu'à l'employer et que, s'il s'y refuse encore, il risque non seulement de retomber malade, mais de mourir une seconde fois...

Dans la nuit... Il marchait sur une longue route avec Zoltec qui lui parlait :

— Les violents ont un avantage sur les lâches, c'est qu'ils sont vivants et que les autres, déjà, sont morts ! La grande affaire n'est pas la mort que l'on ne comprend pas, la grande affaire, c'est la peur que l'on sait.

Arrivé à un carrefour, Marcel les attendait vêtu d'un manteau de lumière :

— Le difficile n'est pas d'aimer, c'est pardonner, pardonner même à Dieu qui nous aime et nous éprouve à cet amour sans que nous en sachions les raisons. C'est au sein du pardon que se trouve le grain de sénevé de l'amour. Car Dieu nous pardonne chaque fois que nous tombons loin de lui sous notre croix.

Orme s'est réveillé dans les sueurs de l'angoisse, au loin, criait lugubre un animal.

Il a attendu l'aube pour entendre un premier oiseau chanter sa prière.

*

Être appelé au silence du cœur, au silence des sens. Il ne sait même pas s'il est capable d'entendre cet appel. Partout le mystère l'entoure et il se débat pour entrevoir un peu de clarté. N'est-il pas son propre geôlier, son propre tortionnaire, l'agent actif de la désintégration lente de son âme ? Est-il libre de choisir ? Traversé par des lueurs, habité par des sentiments de culpabilité et pourtant, encore, aujourd'hui le voilà, vivant jusqu'au bout des ongles.

TIERCE. — Allongé dans sa cellule, il est en proie à une indescriptible mélancolie. Il laisse aller sur son visage les larmes de sa douleur, de ses faiblesses. La lutte qui se passe en lui est au-delà des mots, dans le souvenir de frère Marcel...

Orme est à nouveau seul à l'hôtellerie. Les forêts, les montagnes sont d'une admirable beauté : jaune, or, rouge et cuivre, terre de sienne, ocre. Tout embaume et l'air du matin vif est fait de silence et de prière.

Personne n'a commenté l'accident, aucune question n'a été posé à Julien. Il s'est tu. D'ailleurs d'après ce qu'il a cru comprendre, Zoltec a quitté l'hôpital après s'être vite rétabli. Nina ne vient plus autour du monastère, et Dame Rolande est parti pour prendre les eaux.

Le voilà revenu à son point de départ. Cependant, il sait que ce n'est pas vrai. On ne revient pas, on ne revient jamais de vivre, de souffrir, de désapprendre, de désirer, de questionner le mystère qui se tait devant les êtres qui se terrent. Personne ne repart à zéro, c'est seulement une addition de moments, de départs en départs. La règle dit que le moment présent doit être vécu comme au sein d'un instant qui, seul, peut donner la lumière de la grâce. Pourtant, il croit que seuls quelques êtres exceptionnels peuvent partir à l'assaut du ciel. Pour les autres, les questions demeurent dans la plaie de chaque jour...

Patience de l'attente, patience du silence, de l'absence. Patience de n'être rien qu'un bout d'homme, qu'un bout de souffrance que tout accuse, que tout récuse et qui s'entête, s'acharne à vivre, qui veut couper les fils, les fils qui l'attachent à ses peurs pour ne pas devenir une marionnette folle. Patience de la mort au travail, patience dans l'usage de la vie, patience dans l'usage du temps. Ne reste-t-il que ça ? Vivre des illusions héritées de l'enfance et lorsqu'elles sont épuisées, mourir des certitudes que l'expérience borgne a gravées dans la chair des rides. Est-ce déjà ici l'enfer ?

C'est l'heure vespérale. Julien quitte sa cellule. Père Bertin sonne la cloche. Il y met toute sa concentration, pour lui, c'est déjà une prière. Orme le voit beau, simple et pur, comme l'était Marcel lorsqu'il lui disait :

— Ne pas aimer l'idée toujours fausse que l'on se fait des autres, aimer l'autre comme soi-même.

Jusqu'où faut-il aller dans la souffrance, dans la joie pour se dépouiller du vieil homme ? jusqu'où faut-il aller dans l'amour pour revêtir la force de l'homme nouveau ? Il ne sait pas, il ne sait rien. Il réclame juste le droit d'exister encore un peu, puisque la mort lui a préféré un saint.

Dans la chapelle, tandis que monte le chant d'action de grâce, Orme se met à genoux. Il sait que bientôt il va quitter le monastère, mais il sait aussi qu'il reviendra à la maison du père. Pour l'instant, et comme une première fois, il trace sur son front, sa poitrine et ses épaules, le sceau du cœur, le signe vivifiant que lui a transmis frère Marcel.

Du même auteur

Piano Bar
(Luneau-Ascot, 1982, épuisé)

La prière du guetteur
(Presses de la Renaissance, 1989, épuisé)

La présente édition originale
de *Messe de granit* a été achevée d'imprimer
sur les presses de l'éditeur à Cognac,
dans les tout premiers jours de février 1995.

Le temps qu'il fait
31, rue de Segonzac
16100 Cognac

Édition n° 225
Dépôt légal :
mars 1995